FEBBRE DA VINILE

Una esilarante avventura ad alta fedeltà

Alessandro Casalini

CONTENTS

Title Page

Copyright

Prima di cominciare a leggere...   4

Prologo   7

Due giorni e mezzo prima...   16

1   17

2   34

Interludio #1   46

3   50

4   61

Interludio #2   87

5   95

6   106

7   123

Interludio #3   144

8   146

9   159

10   167

Il passato torna a essere presente...   176

11   177

12   185

Interludio #4   190

Epilogo   196

Postludio   203

Ringraziamenti   204

ALESSANDRO CASALINI

Questo lo dedico a me e alla mia testaccia dura.

Il primo giorno che ricordo di essermi guardato allo specchio e aver sopportato la mia immagine riflessa è stato il giorno in cui ho avuto in mano una chitarra.

(Bruce Springsteen)

PRIMA DI COMINCIARE A LEGGERE...

Caro lettore, prima di cominciare a leggere, ci tengo a dirti che questo romanzo è un sequel. E più precisamente, quello che hai per le mani è il secondo capitolo di una storia pubblicata nel 2018 intitolata *Fedeli al vinile*. Un romanzo che, nel maggio di quello stesso anno, è stato selezionato tra i dieci migliori della seconda edizione del concorso letterario Fai viaggiare la tua storia. Un concorso promosso da Libro/Mania, in associazione con DeA Planeta, Newton Comprion e Autogrill.

Ora, a voler essere onesti non mi sarei mai aspettato di raggiungere un simile risultato, né tantomeno che il romanzo, una volta divenuto tale, potesse incontrare il favore di così tanti lettori. Né mi sarei aspettato di passare buona parte del 2019 in giro per l'Italia a promuovere *Fedeli al vinile*, da Aosta a Roma, passando per Torino, La Spezia, Milano, Venezia, Bologna, Rimini, Firenze, Livorno, e tante altre città. Un totale di quasi quaranta presentazioni in negozi di dischi, centri culturali, associazioni ed emittenti radio. E ogni volta, prima di riprendere la via di casa, qualcuno si prendeva il disturbo di darmi una pacca sulla spalla e sussurrarmi: «Dovresti scrivere un seguito di questa storia. Perché c'è ancora molto da dire a riguardo. Perché i tuoi personaggi, Tata e Hi-Fi, reclamano spazio».

Non avrei mai pensato di scrivere un seguito. In realtà non ero nemmeno sicuro di poter essere all'altezza di un'impresa del genere. Perché vedete, riprendere in mano una storia, dei personaggi, persino delle dinamiche così particolari come quelle descritte in *Fedeli al vinile*, espone lo scrittore a rischi notevoli. Ciò che i lettori si aspettano di ritrovare in un sequel, sono le stesse particolarità che hanno reso il primo romanzo interessante, anche se – ovviamente – declinate su scenari completamente differenti. Altrimenti sarebbe come rileggere lo stesso libro.

Nonostante questi timori, a giugno 2019 ho deciso di gettare il cuore oltre l'ostacolo. Mi trovavo alla guida della mia utilitaria sul tratto Bologna-Rimini della A14, e in quel preciso istante mi si è accesa la celeberrima lampadina. Improvvisamente sapevo da dove cominciare, e soprattutto quale sarebbe stato l'evento scatenante di questo nuovo capitolo della storia di Tata e Hi-Fi. Prima di iniziare però, mi sono posto la fatidica domanda, quella che ogni scrittore in procinto di scrivere il seguito di una storia dovrebbe porsi: un sequel deve poter essere letto anche da chi del romanzo precedente ignora persino l'esistenza, oppure la lettura di *Fedeli al vinile* deve essere considerata imprescindibile?

Bella domanda.

Da buon romagnolo testa dura, sono andato dritto alla soluzione del problema. Ho spedito una mail a Jonas Jonasson, scrittore svedese e autore del bestseller internazionale *Il centenario che saltò dalla finestre e scomparve*. Lui che nel 2019 si è accollato il rischio di pubblicare un sequel del suo romanzo più famoso, intitolandolo *Il centenario che voleva salvare il mondo*. Li ho letti entrambi, intendo i suoi libri sul Centenario. Il primo è davvero geniale, esilarante e grottesco al punto giusto, mentre il secondo, a dire la verità, un po' meno.

Un po' tanto meno.

Caro Signor Jonasson... bla bla bla... avrei deciso di scrivere un seguito del mio romanzo... bla bla bla... le chiedo qualche suggerimento in merito... bla bla bla... Distinti saluti. Alessandro.

Ora voi non ci crederete, ma qualche settimana più tardi il buon Jonas (o chi per lui) mi ha riposto. La mail conteneva una specie di vademecum del sequel perfetto. Regole semplici, errori da non commettere, trucchi per rendere accessibile a tutti quanti un libro che si presenta come il seguito di un altro. Spero di essere riuscito a mettere in pratica i suoi insegnamenti, e di aver reso questo *Febbre da Vinile* alla portata di tutti. Sia quelli ignari dell'esistenza di un negozietto specializzato in vinili chiamato VinylStuff gestito da due pazzi come Tata e Hi-Fi, sia quelli che in quello stesso negozietto hanno già avuto l'occasione di passarci almeno qualche ora.

Bene, caro lettore, questo è quanto avevo da dirti prima di iniziare questo viaggio. Spero di ritrovarti all'ultima pagina, col sorriso sulle labbra e, magari perché no, pronto a rifilarmi l'ennesima pacca sulla spalla seguita da un'ulteriore richiesta indecente: scrivere un seguito anche di questa storia. Una specie di *Trilogia del vinile*, come *Il Signore degli anelli* (probabilmente il buon Tolkien si starà rigirando nella tomba al solo pensiero).

Buona lettura. E soprattutto grazie per la fiducia.

Che il vinile sia con te!

Alessandro Casalini, Cesenatico, luglio 2020.

PROLOGO

East Village, New York
7 novembre 2020, sera

Stavo vivendo un incubo, non poteva essere altrimenti. Molto realistico per la verità, ma comunque un incubo.

Continuavo a passarmi le mani tra i capelli con lo sguardo rivolto verso il basso e gli occhi ridotti a due fessure; cercavo a ogni respiro di rilasciare aria a piccole dosi.

Niente da fare, non mi sentivo affatto bene.

Stavo andando a fuoco, ecco qual era il problema. Bave di lava incandescenti avevano preso d'assalto il mio corpo e si muovevano lente, dal basso verso l'alto, come piante rampicanti alla conquista di nuovi spazi. L'epicentro di quella specie di eruzione vulcanica era localizzato in corrispondenza della zona perineale, a un passo dai gioielli di famiglia. Una brutta faccenda.

Cercai di non farmi prendere dal panico. In fin dei conti, se quello era davvero un incubo, nel peggiore dei casi sarei finito giù dal letto. Un bello spavento e qualche ammaccatura, niente di grave. Sarei sopravvissuto.

Incubo o realtà, a quel punto la cosa non aveva più molta importanza: dovevo andare a urinare. Subito.

Colpa della prostata. «È bella grossa» aveva esclamato l'urologo il giorno del nostro primo incontro.

Io, disteso sul lettino, con le ginocchia premute contro il petto e i pantaloni abbassati, l'avevo fissato con aria triste, sforzandomi di capire se «bella grossa» fosse un bene oppure un male.

Sembrava particolarmente soddisfatto, il dottore, mentre con il dito medio continuava a scorrazzare all'interno delle mie stanze, quasi fosse alla ricerca di un tesoro.

«Davvero bella grossa, complimenti!». Si era tolto il guanto e mi aveva invitato a rivestirmi.

«Tre mesi di Permixon 320 mg, una pastiglia al dì e vedrà che starà meglio».

Mi aveva sorriso come se al dito magico, ora, avesse un anello di brillanti recuperato chissà dove. «Fanno duecento dollari. Può saldare direttamente alla mia segretaria, contanti o carta di credito. Buona giornata».

Facile e indolore. Almeno per lui.

Dopo un'ispezione rettale, «tre mesi di Permixon 320 mg, una pastiglia al dì» e una totale astinenza da vino e birra (l'aspetto più tragico della vicenda), la mia prostata si trovava ancora al punto di partenza, calda come una patata bollente.

Quando rialzai lo sguardo dovetti arrendermi all'evidenza: non era affatto un incubo, inutile illudersi del contrario; ero sveglio, cosciente e con la prostata in fiamme.

Maledissi l'urologo. E ancora una volta non potei fare a meno di chiedermi come diavolo fossi finito tra le pagine di un romanzo di Tom Clancy, con un tizio imbottito di esplosivo pronto a farsi saltare in aria all'interno del nostro negozio nel cuore dell'East Village, e per di più nel giorno in cui almeno duecento milioni di americani si preparavano a celebrare un evento straordinario.

Mi guardai intorno: bandierine a stelle e strisce sparse un po' ovunque, telecamere orfane degli operatori, tavolo con buffet ancora vergine; e poi la gigantografia del Boss, il ragazzo nato per correre che, partendo dalle lande desolate del New Jersey, aveva conquistato il mondo.

Fissai l'altro Boss, quello vero, l'uomo che se ne stava in piedi sul piccolo palco allestito appositamente per lui. Non l'avevo mai visto in giacca e cravatta, nemmeno senza una Telecaster addosso in verità.

Qualcuno tossì. Mi girai a destra e incrociai lo sguardo di Hi-Fi, sembrava tranquillo.

Teneva in mano un disco dei Jethro Tull, *Stand Up*.

Forza vecchio mio mi dissi. *Inventati qualcosa e tiraci fuori da questo casino. Se c'è una persona che può farlo, quella sei tu.*

«Giuro che mi faccio saltare in aria!» esclamò il piccoletto. «Voglio un elicottero e dieci milioni di dollari in contanti nel giro di cinque minuti. Altrimenti...».

Altrimenti?

«... mi faccio saltare in aria!».

Il tipetto era minuscolo, magrolino al punto da rendere trascurabile la terza dimensione; pochi capelli in testa e un accenno di barba, credibile solo all'altezza del mento; quarant'anni, forse cinquanta, difficile dirlo. Di tanto in tanto spalancava l'eskimo mettendo in mostra ciò che aveva addosso: un groviglio di fili e congegni elettronici che, stando a quanto diceva, erano parte di un ordigno capace di far saltare in aria l'intero palazzo. Aveva anche una pistola e, quando dava in escandescenza, cosa che accadeva piuttosto di frequente, la impugnava con entrambe le mani e la puntava contro il Boss.

Incredibile. Quell'ometto era riuscito a far uscire tutti dal negozio a suon di minacce: Fbi, servizi segreti, giornalisti, fotografi, politici e una schiera di leccaculo di primissimo ordine; persino Patti e i figli del Boss, portati fuori di peso con le lacrime agli occhi.

Eravamo rimasti in sei. Anzi, in cinque più uno: il mio socio Hi-Fi, io, le nostre fidanzate Joanne e Jane e il signor Springsteen. E poi ovviamente c'era lui, il tizio imbottito di esplosivo, il più uno di cui avremmo tranquillamente fatto a meno: Archibald Stone, per tutti Archie.

«Avete capito?» riprese l'ometto. «Guardate che faccio sul serio. Se tra cinque minuti non sento il rumore di un elicottero e l'odore dei bigliettoni, mi sa tanto che dovrete dire addio al vostro amato Presidente».

Già, il Presidente.

Era tutta colpa del Boss, uno degli illustri clienti del nostro negozio di dischi, il VinylStuff NYC, fratellastro d'oltreoceano dell'ormai defunto VinylStuff Cesenatico, dove tutto aveva avuto inizio vent'anni prima.

Il Boss si era presentato alle elezioni nelle vesti di outsider con l'unico scopo di impedire a Trump di ottenere il secondo mandato presidenziale. La notizia ufficiale della sua investitura era stata diramata quattro giorni prima: avevamo un nuovo Presidente, Bruce Springsteen, l'uomo che, in quasi cinquant'anni di carriera, era stato capace di raccontare l'America con la chitarra in spalla e il microfono davanti alla bocca, schierandosi sempre dalla parte degli ultimi e riempiendo gli stadi di mezzo mondo.

Inutile girarci intorno. Il Boss era il quarantaseiesimo Presidente degli Stati Uniti d'America e l'ometto imbottito di esplosivo che continuava a sbraitare frasi deliranti minacciando di farsi saltare in aria, aveva deciso di rovinare la festa a tutti.

«Domanda semplice semplice per lei:» disse Archie rivolgendosi al neoeletto Presidente «potrebbe spiegarmi, possibilmente con parole semplici, cosa vi aspettate che faccia per avere in dono un elicottero pieno di grana? Gliene sarei davvero grato, signor Presidente».

Springsteen si guardò intorno, sembrava confuso. Gestire una specie di attacco terroristico non era esattamente come cantare a squarciagola per più di tre ore davanti a migliaia di persone.

«Bruce, non fare così, ti prego. Parla con me» lo incalzò l'ometto.

«Ehi tu, fenomeno da baraccone!». La voce di Hi-Fi irruppe come una cannonata. «Ho una proposta da farti».

Ci girammo tutti verso di lui, compreso Archie il quale, dopo aver strizzato gli occhi e serrato le labbra, abbozzò una specie di falso sorriso. «Stai per caso parlando con me?».

Il VinylStuff NYC, così come il suo predecessore, si sviluppava su due livelli, entrambi zeppi di vinili. Il piano terra, grande quasi come due campi da tennis, era sovrastato da una specie di loggione che seguiva il perimetro del locale, sospeso a circa tre metri di altezza dal suolo. Archie si trovava lì, nel settore riservato al jazz, cosa che dava a tutta la faccenda un certo credito. In verità avevo la netta sensazione che stesse improvvisando, magari non al cento percento, ma avrei giurato che buona parte di ciò che diceva o faceva fosse partorito sul momento, senza un piano ben preciso. Come un assolo di Keith Jarret.

«Ti ho chiesto se stai parlando con me» ribadì Archie puntando la pistola contro Hi-Fi.

«Uh uh...» rispose il mio socio.

«Non credo tu sia nella posizione di poter avanzare proposte».

«La vuoi sentire oppure no?».

L'ometto sembrò rifletterci sopra poi, anche se controvoglia, annuì. «Ok. Sentiamo cos'hai da dire».

Hi-Fi sorrise, senza però darlo troppo a vedere. Sembrava soddisfatto, come se avesse appena ottenuto il punto vincente di un gioco dato perso già in partenza.

Io mi scrutai intorno, preparandomi al peggio.

Il Boss, richiamando la mia attenzione con un cenno, mi rivolse un'occhiataccia. *Si può sapere che diavolo si è messo in testa di fare?*

Alzai le spalle e scossi la testa. *Non ne ho la più pallida idea.*

«Allora?» ringhiò Archie. «Quale sarebbe questa proposta?».

«Tu sei un grande esperto di musica, non è vero?».

«Certo che sono un esperto di musica!» rispose il piccoletto, inorridito dalla domanda. «Ti sei forse dimenticato della lezione che ti ho dato ieri?».

Un brivido gelido mi percorse la schiena. «Ascoltate voi due...» azzardai, cercando di abbassare i toni.

Hi-Fi mi fulminò con lo sguardo. «Buono Tata, lasciami finire». Poi, rivolgendosi di nuovo al tizio, calò il jolly: «Voglio la rivincita».

Lui si lasciò sfuggire una smorfia, come se lo avesse morso un cane. «Non se ne parla nemmeno. Ho altro a cui pensare adesso».

«Paura?».

«Fottiti!».

«Te lo ripeto: hai per caso paura di perdere?».

Il tappetto prese tutti in contropiede e percorse i quattro-cinque metri che lo separavano da Hi-Fi con estrema rapidità, dava l'idea di un topo di fogna riemerso dal sottosuolo per acchiappare un pezzo di formaggio caduto per caso a terra. Quando gli fu davanti, lo colpì alla testa con il calcio della pistola e Hi-Fi cadde dalla sedia.

Senza esitare abbandonai lo sgabello e mi precipitai verso di lui mentre Joanne, la sua fidanzata, faceva lo stesso.

«Tornate subito a sedere voi due!» ci intimò Archie soffermandosi con gli occhi su Joanne più del dovuto.

Intercettai il suo sguardo e mi sentii gelare il sangue nelle vene. *Oh merda!* mi dissi. *Se questo figlio di puttana si rende conto con chi ha a che f...* Non riuscii a finire il pensiero.

«Adesso basta!». La voce baritonale del Boss risuonò potente all'interno del negozio e persino la mia prostata, infiammata oltre misura, parve farsi più piccola in segno di rispetto.

Bruce incominciò a scendere la scala con passo deciso.

Archie rivolse subito l'attenzione su di lui. «Fermo dove sei, Potus[1]!» gridò puntandogli la pistola contro. «Torna sul tuo maledetto palco, adesso».

Il Boss si girò verso di me, sembrava combattuto sul da farsi.

Annuii. *Fai come dice.*

Lo vidi prendere un bel respiro, poi ripercorrere controvoglia i suoi passi.

«Molto bene, Presidente» borbottò l'altro. «Anche voi due, tornate a sedere. Senza fare scherzi».

Rivolsi un cenno a Joanne e lei seguì il mio consiglio. Si sistemò il berretto sulla testa fino a nasconderle buona parte del viso, poi tornò al suo posto. Io feci lo stesso.

Calò uno strano silenzio.

«Paura?». La voce di Hi-Fi giunse sotto forma di sussurro.

Archie riportò lo sguardo su di lui e sorrise. «Allora sei un duro».

«Voglio la rivincita» ribadì Hi-Fi.

«E quale sarebbe la posta in gioco per questa specie di secondo round?».

«Tutto».

«Tutto cosa?».

Hi-Fi si tirò su. Era ferito, un rivolo di sangue gli scendeva lungo la guancia.

«Stai bene?» gli chiesi.

Lui alzò il pollice, evitando però di rispondere.

«Tutto cosa?» lo incalzò Archie.

«Se vinci tu» biascicò il mio socio rivolgendo gli occhi verso il Boss «avrai il tuo maledetto elicottero pieno di bigliettoni freschi di stampa. Un premio indubbiamente meritato che, mi permetto di farti notare, in caso di dipartita forzata del nostro amato Presidente, potresti non ottenere mai».

Archie tirò su con il naso, si guardò intorno e poi invitò Hi-Fi a proseguire.

Lui non si fece pregare. «Il Boss è un'istituzione, un esempio da seguire e un vanto per tutta la nazione. Ha scritto canzoni senza tempo, immortali, ma come Presidente è ancora un novellino. E se dovesse capitargli qualcosa di brutto, come ad esempio saltare in aria o beccarsi una pallottola in mezzo alla fronte, be', sono certo che loro – e credo tu abbia già capito a chi mi riferisco – giustificherebbero la cosa trasformando il primo cittadino d'America in una sorta di martire del nuovo millennio. «Sacrificio necessario», ecco cosa scriverebbero i giornali, una tassa da pagare a beneficio e a salvaguardia del popolo. Insomma, le solite stronzate a stelle e strisce».

Nonostante il ragionamento di Hi-Fi non facesse una piega, non riuscivo a capire dove volesse andare a parare.

«Davvero molto convincente» scherzò l'ometto mimando un applauso. «Ma adesso dimmi, signor so tutto io, mettiamo per un attimo da parte la politica e concentriamoci sulla fantascienza: cosa accadrebbe se dovessi essere tu a vincere?».

Il sarcasmo del piccoletto parve non sconvolgere la calma di Hi-Fi. «Se dovessi essere io a vincere» rispose «per prima cosa ti strapperei quella barba del cazzo dalla faccia, e per di più pelo alla volta. Poi ti pesterei a sangue e, per finire, ti porterei nel bel mezzo della Death Valley a mie spese, e lì ti farei brillare alle prime luci dell'alba. Boom! Che dici, ci stai?».

Archie sembrò valutare la proposta. «E se decidessi di giocare sporco?».

Hi-Fi scosse la testa. «Sono sicuro che non lo faresti mai» ribatté senza alcuna esitazione. «Quelli come noi amano la musica più di ogni altra cosa e giocare sporco sarebbe un po' come rinnegare la nostra stessa vita».

Ma sentilo, il paraculo da premio Oscar! mi dissi, sempre cercando di rimanere impassibile.

Il tizio invece parve apprezzare la sparata del socio. «Bella risposta» mormorò. «Ancora una volta mi hai quasi convinto».

«Allora non farti pregare» giocò il tutto per tutto Hi-Fi. «Facciamolo per amore della musica».

L'ometto alzò gli occhi al cielo, poi agitò la pistola a mezz'aria. «Va bene, giochiamo. Ma ti avverto: perderai di nuovo!».

Hi-Fi sorrise, ancora una volta senza darlo troppo a vedere. «Chissà…» sussurrò stando attento a non farsi sentire, ma senza fare nulla per nascondere il labiale.

Annuii d'istinto, sperando in un miracolo alla Hi-Fi. *Non so cosa ti passi per la testa amico mio, ma mi fido di te. Al cento percento.*

La voce stridula di Archie mi fece trasalire. «Avanti con la sfida, allora!» sbraitò il tizio dall'alto del suo pulpito.

Chiusi gli occhi e mi passai per l'ennesima volta le mani tra i capelli mentre le fiamme dell'inferno continuavano a divorarmi anima e corpo. «Posso andare in bagno?» biascicai.

Nessuno rispose.

Sconsolato, strinsi le chiappe sperando di comprimere la prostata fino a farla scomparire.

ALESSANDRO CASALINI

.

DUE GIORNI E MEZZO PRIMA...

1

East Village, New York
5 novembre 2020, mattina

Gestire un negozio di dischi a New York, e per di più nel cuore dell'East Village, era il sogno che gente come noi, amanti della musica, del vinile e del suo mondo imperfetto e frusciante, coltivava fin da bambino, ancor prima dei baci rubati al riparo da sguardi indiscreti, delle scazzottate a mani nude fuori dai locali, persino prima delle piadine farcite con salsiccia e cipolla a colazione.

Al VinylStuff NYC trattavamo solo vinile, così come accadeva in Italia sotto lo sguardo severo del grattacielo di Cesenatico. Erano passati più di vent'anni da quando Hi-Fi e io, senza sapere cosa fare della vita e con una totale repulsione per gli abiti eleganti e la routine, avevamo deciso di aprire un negozio di musica specializzato in vinile. Hi-Fi aveva le sue idee talebane lontane anni luce da concetti quali imprenditoria e profitto e io l'ingrato compito di far quadrare i conti.

Avevamo vissuto tempi gloriosi, pieni di soddisfazioni, fino a quando alla fine degli anni Novanta un ingegnere italiano se n'era venuto fuori con la genialata del formato Mp3, una specie di diavoleria tecnologica capace di comprimere fino a dieci volte la dimensione dei file audio rendendoli, di fatto, facilmente scaricabili da internet. Da quel momento in poi, grazie al fiorire di piattaforme più o meno legali dai nomi curiosamente esotici (Napster, Gnutella, Bit-Torrent, eMule; solo per citarne alcuni), il popolo del web si era gettato nel gran bazar che la rete sembrava offrire a titolo gratuito, arraffando a destra e a sinistra singoli di successo, interi album, bootleg, Dvd e, in alcuni casi fortunati, persino delle rarità. Risultato: ci eravamo trovati nella merda fino al collo, con debiti da pagare e vendite colate a picco. Avevamo tentato di tutto ma tutto si era rivelato non abbastanza.

Poi, quando ogni cosa sembrava perduta, grazie a una specie di filosofo matto che ogni martedì mattina si presentava regolarmente in negozio millantando, tra l'altro, collaborazioni con gruppi del calibro dei Pink Floyd, e al buon cuore di una rockstar internazionale, che proprio in quei giorni si trovava dalle nostre parti, eravamo riusciti a sopravvivere allo tsunami della digitalizzazione. Una specie di miracolo italiano, di quelli che non accadevano dai tempi del boom economico. Così avevamo riaperto gli occhi e ripreso a respirare; ci eravamo resi conto di essere ancora vivi e per di più con un nuovo socio di capitale pronto a dar battaglia a ogni singolo bit abbastanza sfrontato da varcare la soglia del nostro negozio. Ed era arrivata la scommessa New York. Lui, il socio con la grana, aveva dettato le sue condizioni: tutti a New York oppure...

Avevamo abbassato la testa e pronunciato all'unisono un timido «yes», senza aggiungere altro.

Sette giorni su sette, dalle dieci del mattino all'una di notte: il VinylStuff NYC non conosceva soste. Si lavorava come somari, avvolti dalla fragranza prodotta dai vinili e senza contare le ore passate in negozio. Oltre a Hi-Fi e me, la forza lavoro comprendeva altri quattro ragazzi: Mitch, Denise, Emma e Victor; giovani Dj che spesso, dopo l'orario di chiusura, finivano nei club del Village a far ballare gente.

New York ci aveva stregati fin dal primo giorno.

I grattacieli, i taxi gialli, Time Square, Central Park e, più di ogni altra cosa, quella strana sensazione di far parte del cast di una produzione cinematografica: camminare per le strade di New York, soprattutto per gente come noi, significava sbattere la faccia contro un susseguirsi imbarazzante di déjà vu come la scena di un film memorabile, un fotogramma di un videoclip famoso, o una sequenza di un concerto passato alla storia. New York, a voler semplificare il concetto, era lo straordinario travestito da ordinario.

L'esempio che meglio rappresentava questa ordinaria straordinarietà si era verificato qualche giorno dopo il nostro arrivo nella Grande Mela. Per non approfittare oltremisura della generosità del nostro benefattore, Hi-Fi e io avevamo deciso di prendere in affitto un appartamentino nel Village, a due passi dal negozio ma dotato di un'unica camera da letto. Quel giorno, mentre ero alle prese con il pranzo (spaghetti tonno cipolla e olive nere), alla Tv andava in onda un concerto di Sting. Gordon, chitarra acustica in spalla, si trovava nel bel mezzo di un marciapiedi piuttosto trafficato; insieme a lui c'erano un batterista sovrappeso e un tizio calvo al contrabbasso. Fin qui tutto normale, se non fosse che quando i tre avevano cominciato a suonare *Message in a Bottle*, la cucina era finita in preda di uno strano effetto stereo: il canale destro proveniva dalla Tv mentre quello di sinistra sembrava collocato direttamente fuori dalla finestra. Lì per lì non avevo dato molta importanza alla cosa, anzi, ero tornato ai miei fornelli, attento a non far scuocere la pasta. Un attimo più tardi la porta di casa si era spalancata come quella di un saloon, finendo per andare a sbattere contro il muro. Boom! Trasalii al punto di lasciarmi sfuggire di mano il cucchiaio pieno di sugo. «Ma che caz...» avevo imprecato. Poi davanti a me si era materializzato Hi-Fi con gli occhi fuori dalle orbite, sudato come un maiale a Ferragosto, e aveva cominciato a farfugliare frasi incomprensibili condite con parole alla disperata ricerca delle vocali mancanti. «Si può sapere che c'è?» gli avevo urlato contro. Lui, dopo aver emesso un lungo sospiro, era finalmente riuscito ad articolare un discorso di senso compiuto: «Non ci crederai mai Tata, ma qui sotto c'è Sting che se la sta suonando insieme a due tizi. Così, alla cazzo di cane, sul marciapiede come un barbone!». A quel punto avevo abbandonato pentola e spaghetti e mi ero precipitato sul balcone e Sting era proprio lì, sotto casa nostra, a cantare di un naufrago e di messaggi Sos. Da non credere!

A Cesenatico, assistito da un culo cosmico e dal giusto allineamento di tutti i pianeti del sistema solare, al massimo ti poteva capitare di incontrare Raul Casadei intento a strimpellare *Romagna mia* alla chitarra, oppure Arrigo Sacchi che rievocava i tempi del grande Milan davanti a un bicchiere di Sangiovese. A New York, invece, era normale ritrovarsi Sting sotto casa a fare da colonna sonora al pranzo.

Che città la Grande Mela! Straordinariamente ordinaria.

Il VinylStuff NYC si trovava nel cuore dell'East Village. Tutto ciò che entrava da quella porta trascinava con sé una storia di lingue, colori, odori, mode, religioni o orientamento sessuale. In realtà anche in Romagna succedeva un po' la stessa cosa: tizi come Plutarco (detto Pluta), Donbrighenti e Marione erano all'ordine del giorno nel nostro negozio e c'era chi raccontava di aver suonato con i Pink Floyd, qualcuno diceva di aver sentito Dio attraverso la voce di Ella Fitzgerald, e altri – come pranoterapeuti – si aggiravano a occhi chiusi all'interno del VinylStuff alla ricerca del disco perfetto.

Tizi del genere ne se trovano un po' ovunque ma a New York era diverso. È una semplice questione di numeri: in mezzo a quasi nove milioni di abitanti devono esserci per forza tanti pazzi con la P maiuscola; poi, il fatto che il novantanove percento di questi casi umani decidesse di confluire proprio da noi, be', questa è tutta un'altra faccenda. Una specie di mistero.

Come quella volta in cui riattaccai il telefono e andai alla ricerca di Hi-Fi perché avevamo un problema bello grosso, di quelli in grado di sconvolgere la giornata, forse addirittura la vita.

Il negozio era pieno di clienti, ma di lui nemmeno l'ombra.

«Dove diavolo...» sussurrai alzando gli occhi al cielo.

«Ciao Tata».

Abbassai lo sguardo e mi ritrovai faccia a faccia con John Lennon: sbarbato, occhiali da sole, capelli lunghi, un Lennon versione 1980. Si guardava intorno nervosamente, sembrava in preda al panico.

«Ciao John, come butta?».

«Male, amico mio» sussurrò. «Credo vogliano farmi fuori. Mi pedinano giorno e notte».

«La Cia?» azzardai sapendo di sfondare una porta aperta.

John annuì. «Ho il telefono sotto controllo, sanno tutto di me, di Yoko, di Julian... persino di Sean!». Batté un pugno sul banco. «Ma ti rendi conto? Sean ha cinque anni, è solo un bambino».

Parlare con John Lennon a distanza di quarant'anni dalla sua morte non è cosa da tutti i giorni, persino a New York. Infatti il tizio di fronte a me non era John Lennon, ma un habitué del negozio, una specie di invasato che credeva di essere lui in tutto e per tutto.

Tra poco più di un mese, almeno secondo il calendario del "nostro" John – indietro di quarant'anni rispetto a quello dei comuni mortali – il vero Lennon sarebbe passato a miglior vita, freddato con quattro colpi di pistola esplosi da Mark David Chapman a un passo dall'ingresso di casa. Una brutta storia ormai nota a tutti, tranne che a lui, il "nostro" John.

«Hai per caso visto un tizio dai tratti orientali ronzarti intorno?» gli chiesi giocando a carte scoperte con la storia.

Lui mi osservò senza dire nulla.

«Un cinese, un giapponese... occhi a mandorla. Hai presente?».

«No».

Sospirai. «No, non hai presente, oppure No, non l'hai visto?».

«Non ho visto nessun "occhi a mandorla"» ribadì John guardandosi intorno. «Perché me lo chiedi?».

«Così...».

«Così cosa?».

Maledetta boccaccia! Improvvisai: «Ho sentito dire che c'è un tizio poco raccomandabile che si aggira da queste parti. Minaccia la gente, chiede soldi».

«Mai visto».

«Buon per te».

«Altro che cinese sfigato in cerca di spiccioli, io ho addosso la Cia!».

«Ognuno ha quel che si merita» mi lasciai scappare.

Lui mi fulminò con lo sguardo.

Un cliente si avvicinò al banco con in mano un paio di dischi. Cucita sulla faccia, neanche a farlo apposta, aveva una bella coppia di occhi a mandorla. Tempismo perfetto.

«John, il signore deve pagare...».

Lennon si girò verso il tizio e lo studiò con interesse. «Lavora per la Cia, lei?».

L'altro, con addosso un giaccone aperto sul davanti che lasciava intravedere una maglietta dei Doors, i capelli lunghi fino alle spalle e una vaga somiglianza con Jim Morrison, sorrise. «Non credo proprio» rispose.

«Io mi chiamo John».

«L'avevo intuito» ribatté Jim dando prova di essere un tipo sveglio.

John sorrise. «La città è piccola e non riesco a passare inosservato».

Il tizio annuì. «New York: quattro gatti incapaci di farsi gli affari propri».

«Proprio così».

Mi venne da ridere.

Jim mi rivolse un cenno d'intesa. «Prendo questi due. Quanto fa in totale?».

Recuperai i vinili e li passai sotto al lettore di codice a barre.

«Quarantacinque dollari».

«I cinquanta» disse Jim.

Dopo avergli dato il resto infilai i due dischi in un sacchetto. «Ecco qua. Grazie».

«Grazie a te, e…» Jim si girò verso John e gli porse la mano «… è stato davvero un piacere conoscerti».

Lui parve risvegliarsi da un sogno a occhi aperti. «Eh?».

«Il signore ha detto che è stato un piacere conoscerti» intervenni.

«Piacere» rispose John stringendogli la mano. «Piacere mio».

I due si fissarono per qualche secondo.

«Sicuro che non lavori per la Cia?».

«Basta John!» esclamai spazientito.

«Ok, ok» si arrese Mr Lennon alzando le mani a mezz'aria. «Volevo solo esserne certo». A Jim venne da ridere. «Non c'è problema» aggiunse. «La verità è che mi guadagno da vivere facendo il macellaio».

«Interessante… il macellaio» sussurrò John.

Jim abbandonò la presa. «Buona giornata».

Lo osservammo dirigersi verso l'uscita.

«Il macellaio...» ripeté ancora una volta John.

«È un lavoro come un altro».

«Potrei scriverci una canzone».

«Sul macellaio?».

«Sì, sul macellaio. Una roba tipo: *Butch The Butcher*[2]. Che dici, suona bene?».

Vista la situazione, decisi di assecondarlo. «Non male. Ma sono certo che puoi fare di meglio».

«Lo credi davvero?».

«*Imagine*, docet».

«Lascia stare» tagliò corto John scuotendo la testa. «Quelli sono colpi di culo, mica succedono tutti i giorni».

Sorrisi. «Colpi di culo del genere, così come li chiami tu, in realtà non succedono nel corso di una vita intera per la stragrande maggioranza dei compositori».

«Ciao socio!».

Mi girai verso l'ingresso. Hi-Fi ci stava venendo incontro.

«Ti devo parlare di una cosa importante» dissi.

Lui accelerò il passo. «Importante quanto?».

«Molto importante».

Portava un cappello con la visiera e il solito eskimo verde tutto rovinato, ai piedi gli inseparabili anfibi bordeaux. Nonostante gli anni era ancora tale e quale: magro come un chiodo, alto come un palo, e strano come il più strano degli esseri umani finito sulla Terra.

Raggiunto il banco, Hi-Fi rivolse un'occhiata distratta a John. «Mr Lennon...».

«Ti devo parlare» ribadii. «Adesso».

«Ha a che fare con il Presidente?».

Nel sentire la parola Presidente, John si irrigidì tutto. Il suo sguardo cominciò a rimbalzare da me a Hi-Fi come fosse in preda a un tic nervoso.

«Il Pre... Presidente?» balbettò. «Che c'entra il Presidente con voi due?».

«Calma John…» cercai di tranquillizzarlo.

«No, non sto calmo per niente!».

Buona parte dei clienti smisero di rovistare tra gli scaffali e presero a fissarci.

Guardai Hi-Fi. Lui si strinse nelle spalle, come a voler dire: *io mi chiamo fuori, sono tutti cazzi tuoi.*

«Non ditemi che siete coinvolti anche voi due» riprese John cominciando a indietreggiare e a guardarsi intorno. «Che lavorate sotto copertura per la Cia».

«Certo, come no!» esclamò Hi-Fi

Lennon gli puntò un dito contro. «Tu!».

Il mio socio si portò una mano al petto. «Moi?».

«Sì, proprio tu!» ripeté John.

«"You talkin' me?"» azzardò Hi-Fi in una pessima imitazione di De Niro in *Taxi Driver.*

«E anche tu!». Ora il dito di John indicava me.

«John…».

«Zitto!» ringhiò mostrando i denti «Vi ho raccontato tutto di me e della mia vita, specie a te». Mi fissava dritto negli occhi, con i suoi ridotti a due fessure, poi riportò lo sguardo su Hi-Fi. «Quella specie di fenomeno da baraccone non mi ha mai convinto».

«Lieto di venirne a conoscenza» ribatté il mio socio.

John ignorò il suo sarcasmo. «E voi invece facevate il doppio gioco, spifferavate tutto ai servizi segreti».

Camminava all'indietro passandosi la lingua sulle labbra in maniera frenetica, come se fosse appena riemerso da un barattolo pieno di Nutella.

«Sta delirando» mi fece notare Hi-Fi, come se ci fosse bisogno di ribadire il concetto.

«Siete dei maledetti!» riprese John. «Tutti e due».

Era ormai giunto in prossimità dell'uscita e continuava a guardarsi intorno per tenere sotto tiro tutti i presenti.

«Non mi avrete mai» sibilò. «Mai!».

Dopo essersi appoggiato alla porta a vetri con la schiena e aver annuito per chissà quale motivo, si diede una bella spinta e uscì dal negozio. Una volta in strada cominciò a correre come un pazzo.

Lasciammo che il silenzio facesse il suo corso, una decina di secondi di stop totale nella Grande Mela che non si ferma mai, quasi fosse un reato punibile con la morte.

«Il tizio non è a posto» mormorò a un certo punto Hi-Fi.

«Ma non mi dire. Te ne sei accorto solo adesso?».

«Ok *diggers*, lo spettacolo è finito» disse il mio socio rivolgendosi ai clienti. «Tornate pure a comprare dischi come se non ci fosse un domani».

Gli avventori parvero seguire il suo consiglio e ripresero a rovistare tra gli scaffali.

«Allora, che c'è di così urgente?».

Fissai Hi-Fi. «Manterrà la promessa».

«Quando?».

«Sabato».

«Sabato quando?».

«Sabato dopodomani».

Hi-Fi tirò su con il naso, poi annuì. «Dopodomani» sussurrò tra sé.

«Ha anche chiesto espressamente di poterti sfidare».

Il mio socio appoggiò i gomiti sul banco e prese a fissarmi dal basso verso l'alto. «Il Presidente vuole sfidare me davanti al mondo intero?».

Annuii. «Proprio così».

Hi-Fi scosse la testa. «Io i politici non li capirò mai».

«Cosa intendi?».

«Non capisco che senso abbia farsi umiliare in mondo visione, e per di più a pochi giorni di distanza da un meritato consenso di massa».

«Non è detto che tu vinca. In fondo stiamo parlando del...».

«So bene di chi stiamo parlando» mi interruppe Hi-Fi. «Ma non c'è storia, nessuno può battermi. E tu lo sai».

«Io non credo».

Ci girammo. Un ometto minuscolo, presumibilmente colui che aveva appena parlato, si trovava nei pressi dell'ingresso. Magro, con pochi capelli sulla testa e un accenno di barba; quarant'anni, forse cinquanta, difficile dirlo.

«Prego?».

Il tizio si avvicinò. «Non credo che lui sia imbattibile».

«Questo l'hai già detto» disse Hi-Fi togliendosi il cappello.

«Sai di cosa stiamo parlando?» azzardai.

«Certo. Lui è Hi-Fi».

Annuii. «E...».

Il piccoletto sorrise. «E quando si tratta di musica inglese e americana, il tuo amico rappresenta quasi un database vivente, anche se bisogna ammettere che nel corso degli anni la cosa è stata gonfiata un po' troppo. Questione di marketing, me ne rendo conto...».

Hi-Fi continuava a fissare quel tizio senza togliergli gli occhi dosso. «Si fa quel che si può» aggiunse.

«Non fare il modesto» ribatté l'altro. «Se non mi sbaglio, risulti ancora imbattuto. Anzi no...». Alzò un dito e si concesse una pausa.

Hi-Fi e io ci passammo la lingua sulle labbra, all'unisono.

«... Adesso che mi ci fate pensare, c'è una macchia nella tua gloriosa carriera. Un programma Tv, se non sbaglio».

Cazzo! «Era roba italiana, quella» gli feci notare.

«Una macchia è una macchia, punto e basta» ribadì l'ometto.

«E tu invece chi saresti?» gli chiesi.

Il tipo sembrò rifletterci sopra. «Diciamo che, a differenza del tuo socio, io mi definirei un conoscitore di musica senza macchia, uno che non ha mai sbagliato un colpo».

«Anche con le donne?» insinuò Hi-Fi. «A vederti non si direbbe».

Il piccoletto incassò il colpo senza darlo troppo a vedere. «Qui stiamo parlando di musica, non di femmine».

«Musica, gentil sesso...» borbottò Hi-Fi «in fondo stiamo parlando di arte, no?».

L'omino sorrise. «In un certo senso, però la tua débâcle

televisiva è ormai di dominio pubblico, mentre ciò che combini a letto ancora no. Anche se potrei azzardare...». Si portò una mano davanti alla bocca, come a volersi autocensurare.

«Secondo te mi sta prendendo per il culo?» mi chiese Hi-Fi.

Alzai le spalle. «Secondo me sì».

«Assolutamente no» negò quello. «Stavo solo riportando fatti storici ampiamente documentati».

«Facciamola breve» tagliò corto Hi-Fi allontanandosi dal banco. «Che vuoi da me?».

Il tipetto fece finta di pensarci su. «Una sfida».

«Che genere di sfida?».

«Non fare domande stupide».

«Stupido a chi?».

«Ragazzi,» intervenni «vediamo di darci una calmata. Primo: noi non ti conosciamo» dissi rivolgendomi al tizio. «E secondo: entri nel nostro negozio e attacchi bottone prendendo in giro il mio socio».

«Non sto affatto prendendo in giro il tuo socio!».

«Ok, forse non era tua intenzione, ma diciamo che negli ultimi due minuti ti sei avvicinato pericolosamente alla soglia della rottura di coglioni».

Feci una pausa.

Questa volta l'ometto non disse nulla.

«Quindi,» ripresi «ti consiglierei di lasciarci in pace. Altrimenti...».

«Altrimenti?».

«Chiamiamo la polizia?» azzardai.

«Addirittura la polizia!».

«Che genere di sfida?» riprese Hi-Fi.

«Ma...» cercai di protestare.

Il socio alzò una mano. «Lasciami fare».

L'ometto si avvicinò di un passo. «Un grande slam» sussurrò esibendo un ghigno diabolico che prese vita e morì tra i peli ispidi della sua barba.

Hi-Fi non tradì alcuna emozione e si limitò ad annuire. «E quando vorresti farla, questa sfida?».

«Che ne dici di domani?».

«Ok, domani alle 20.00».

«E il Presidente?» cercai di protestare di nuovo.

L'ometto aggrottò la fronte. «Che diavolo significa "E il Presidente"?».

«Non sono affari tuoi» tagliò corto Hi-Fi.

Poi, rivolgendosi a me: «Non ti preoccupare. Domani alle 20.00 facciamo questo slam che, salvo colpi di scena clamorosi che mi sentirei comunque di escludere, si concluderà dopo la prima domanda, alle 20.05. E una volta che il nostro Mr. Fenomeno qui,» indicò il tizio puntandogli addosso la visiera del cappello «sarà tornato a casa con la coda tra le gambe, avremo tutto il tempo di organizzare la cosa».

«Se lo dici tu» borbottò Mr. Fenomeno, ora tutto sorridente.

«Proprio così, lo dico io» confermò Hi-Fi.

«Allora ci vediamo domani alle 20.00. E mi raccomando: preparati bene».

Hi-Fi annuì. «Sta' sereno e cerca di dormire».

«Non mancherò».

Lo seguimmo con lo sguardo fino a quando non uscì dalla porta.

«Non avresti dovuto accettare».

«E lui non avrebbe dovuto fare lo spaccone».

Rimanemmo in silenzio per qualche secondo.

«Uno slam…» sussurrai.

«È un bel po' che non ne facciamo uno».

Fissai Hi-Fi dritto negli occhi. «Ti sbagli».

Lui piegò la testa da un lato. «Cioè?».

«Non l'abbiamo mai fatto, uno slam».

«Ah davvero?».

Annuii.

«Strano» disse Hi-Fi. «Ero certo del contrario».

«Quel tipo non mi convince».

«Be', se è per questo, a me della gente che ogni giorno entra qui dentro non mi convince nessuno».

«Tu non fai testo» dissi «sei una specie di extraterrestre caduto sulla Terra per puro caso».

Proprio così, Hi-Fi è una specie di *gifted*, non saprei come altro definirlo.

Riuscire a immagazzinare tutta la discografia inglese e americana prodotta dal 1950 a oggi è già di per sé un'impresa titanica, ma lui non è solo questo. È molto di più. Basta dargli in pasto un anno di produzione e il nome di una band o un cantante e poi mettersi in attesa per qualche secondo, non di più, e Hi-Fi snocciolerà con naturalezza sconcertante vita, morte e miracoli di quel particolare album.

L'idea di permettere agli avventori di misurarsi con Hi-Fi era stata mia. L'avevo vista come un'opportunità per fare pubblicità al negozio ma non potevo certo immaginare la processione di gente che si sarebbe presentata al VinylStuff NYC anche solo per il gusto di tentare il colpaccio. Avevamo dovuto regolamentare la cosa, se non altro per dare la possibilità al mio socio di sopravvivere: un solo giorno a settimana, due ore, non un minuto di più. Chi desiderava misurarsi con lui doveva prenotarsi sul sito web del negozio e, soprattutto, dare prova di avere un po' di pelo sullo stomaco. Avevamo messo in piedi una specie di test preliminare dove eravamo noi a fare le domande, tre quesiti a tempo sul mondo della musica a difficoltà crescente; un modo per cercare di scremare i potenziali sfidanti.

Del tipo: *1. Chi ha scritto All Along the Watchtower? 2. Quali sono i cognomi e i nomi dei membri della prima formazione dei Pink Floyd? 3. Se dico James Taylor e organo Hammond, di quale band degli anni Ottanta sto parlando?*

Hi-Fi, inutile sottolinearlo, non approvava nulla di tutto ciò, lo faceva solo per amore del negozio e forse un po' anche per me. L'unica condizione che aveva dettato era stata poter insultare gli sfidanti in caso di errori grossolani.

Il problema è che mi ero fatto ingolosire e, dopo qualche settimana passata a far finta di giocare a *Rischiatutto*, nella mia mente malata aveva preso forma l'idea di un vero e proprio gioco a premi con livelli di difficoltà personalizzati.

Se il malcapitato avesse deciso di porre a Hi-Fi una sola domanda su un artista o un album (modalità *One-Shot*), in caso di vittoria si sarebbe portato a casa dieci vinili di prima fascia, i cosiddetti album Low-Fi: dischi di qualità ma facilmente reperibili un po' ovunque. Oltre a questo tipo di articoli, da noi si trovavano anche album di categoria Mid-Fi (pezzi pregiati ma non introvabili) e, fiore all'occhiello del negozio, i leggendari dischi Hi-Fi, album molto rari e costosi custoditi all'interno di una stanza a parte, protetti da teche antiproiettile.

La sfida *Head-to-Head*, a differenza di quella *One-Shot*, prevedeva tre domande su tre generi diversi, decisi di comune accordo per ogni tornata, e soli trenta secondi a disposizione per rispondere. Chi totalizzava più punti vinceva la sfida e in caso di pareggio, considerata l'autorità di Hi-Fi in materia, lo sfidante riceveva una pacca sulla spalla da sua maestà in persona e una foto ricordo con su scritto: «Ho pareggiato giocando contro Dio. La considero una vittoria». Nella remota ipotesi in cui lo sfidante avesse vinto una *Head-To-Head*, totalizzando quindi un punteggio superiore a quello di Hi-Fi, si sarebbe aggiudicato la bellezza di cento dischi, di cui settanta *Low-Fi*, ventinove *Mid-Fi* e, incredibile ma vero, uno di rango *Hi-Fi*.

Ultima tipologia di duello, il cosiddetto *The-Big-Slam*, una variante dell'*Head-to-Head* in cui, per ogni domanda, i concorrenti avevano a disposizione solo cinque secondi per rispondere. Cinque botta e risposta su cinque generi musicali differenti che, in caso di pareggio, continuavano a oltranza, un po' come accadeva con la lotteria dei rigori nel calcio. Lo sfidante aveva la facoltà di scegliere il genere musicale, Hi-Fi no: se il malcapitato indicava il rock, per esempio, allora il mio socio avrebbe fatto la sua domanda rispettando la scelta.

In caso di vittoria del *The -Big-Slam*, colui che un tempo era stato solo un malcapitato con evidenti manie di grandezza e che ora – grazie a quell'exploit – si ritrovava promosso al ruolo di Dio in Terra, avrebbe ricevuto cinquecento dischi in regalo così ripartiti: trecento dischi *Low-Fi*, duecentonovantasette *Mid-Fi* e tre album *Hi-Fi*. A suggellare il trionfo, una bella foto ricordo a fianco di Hi-Fi formato due metri per tre esposta a vita in negozio, con su scritto: «Ho battuto Dio, ma Dio mi ha perdonato». In caso di sconfitta però, lo sfidante avrebbe lavorato gratuitamente da noi per un mese e, dopo aver indossato un paio di hot pants a stelle e strisce, stivali, giacchetta di pelle e cappello da cowboy, con la chitarra in spalla il nostro eroe avrebbe dovuto regalare al pubblico di Time Square una bella performance canora filmata e destinata alla pubblicazione sui social del negozio.

«Sarò anche un extraterrestre» disse Hi-Fi scuotendo la testa «ma se dovrà essere uno slam contro quel piccoletto a confermare o meno la cosa, allora facciamolo pure questo slam. Così ci togliamo il dubbio. Che dici?».

Annuii, anche se non ero molto convinto, poi dissi: «Comunque, a questo punto non abbiamo più molta scelta».

La porta a vetri si spalancò all'improvviso e i clienti nelle vicinanze trasalirono. Poi, vedendo di nuovo John puntarci un dito contro, tornarono a farsi gli affari propri.

«Non mi avrete mai, maledetti!» gridò.

Si guardò a destra, poi a sinistra. «E nemmeno voi!» aggiunse rivolgendosi ai presenti.

Detto questo scomparve di nuovo.

Hi-Fi si appoggiò al banco e scosse la testa. «Te lo ripeto» sospirò. «Quello lì non è a posto».

Decisi di non commentare.

«Dunque uno slam» ripetei rivolto più che altro a me stesso. «Prima o poi doveva succedere».

«Yes, prima o poi».

«Se perdi, parliamo di un bel po' di merce rara. Senza contare lo sputtanamento che quel tizio metterà in piedi. E poi c'è il discorso del Presidente che...».

«Stai sereno» mi interruppe Hi-Fi. «Il piccoletto non vincerà».

«Certo, perché tu sei imbattibile».

«Proprio così. Come Jeeg».

Mi girai e alzai lo sguardo: Plutarco ci osservava dall'alto come una specie di santo protettore; lui che ci aveva salvato quando un po' tutti ci avevano dati per spacciati, persino noi.

«E lui che direbbe?» chiesi indicando la foto.

«Sono certo che approverebbe» rispose Hi-Fi senza alcuna esitazione.

Plutarco, con in bocca l'immancabile sigaretta ridotta a poco più che un filtro, a dispetto del cartello che teneva in mano con su scritto «Senza di me non siete nessuno, Cocomerometri» parve concederci un cenno di assenso.

«Sei sicuro?» azzardai.

«Sì» ribadì Hi-Fi. «Lui ha provato tutta la vita a battermi, e anche se non c'è mai riuscito, sono certo che ovunque sia non mi porta alcun rancore. Anzi, credo proprio che vegli su di me affinché nessuno riesca a prendermi in castagna».

Mi venne da ridere. «Una specie di angelo custode di serie B. Con la faccia un po' ammaccata, però».

Hi-Fi mi fissò dritto negli occhi, come se in preda al demonio avessi confessato di preferire il cd al vinile.

«Che c'è?» protestai.

«Tu l'hai mai visto in faccia?».

«Chi?».

«Dio».

Aggrottai la fronte. Non è che stavamo spingendoci un po' troppo oltre? Certo, Plutarco era un filosofo, e chiamarlo in causa significava assumersi delle responsabilità. Tuttavia, improvvisarsi pensatori quando in realtà non eravamo altro che venditori di dischi, poteva risultare controproducente.

Scossi la testa. «No, non l'ho mai visto».

«Magari è fatto come il Pluta».

«Certo, e Lucifero invece è figo come Brad Pitt».

Hi-Fi annuì. «Be', la cosa non mi sorprenderebbe».

«Nemmeno a me».

«Prendo questi» disse una ragazza.

Ci girammo a guardarla. Se Brad Pitt era il diavolo, allora questa doveva essere la sua signora. Alta, bionda, con un fisico da urlo; labbra carnose, occhi azzurri. Indossava un vestitino decisamente fuori stagione, mentre in mano reggeva un cappotto coperto di pelo.

«Prego, mi...» borbottai.

«Lascia fare a me» s'intromise Hi-Fi. «Lo scusi signorina, lui è solo il ragazzetto di giornata; quando si parla di musica vera la questione passa nelle mie mani».

«Hi-Fi!». Il grido di GG mi gelò il sangue nelle vene. «Smettila subito di fave il coglione!». Piegai leggermente la testa fino a quando al di là della signorina Lucifero apparve la sagoma della terribile ex-moglie-ma-di-nuovo-compagna di Hi-Fi, la donna dotata della erre alla francese più tagliente della storia.

Lui si girò lentamente, poi riportò lo sguardo sulla cliente e le sorrise senza troppa convinzione. «Contrordine: la lascio nelle mani del ragazzetto. Mi creda, è un tipo in gamba».

Prima il Presidente, poi il tizio a caccia di slam, e adesso GG. Forse era davvero giunto il momento di fare i bagagli e tornare in Romagna.

2

Dopo averlo sorpreso a fare il farfallone con la cliente sexy, GG aveva trascinato il mio socio fuori dal negozio e avevano discusso per almeno un quarto d'ora. Niente di nuovo, qualche parolone, almeno una decina di sigarette scagliate in terra prima ancora di aver raggiunto metà del loro percorso di vita, e poi il solito abbraccio capace di mettere tutti d'accordo; almeno fino al prossimo battibecco. GG se n'era andata poco dopo facendo risuonare i tacchi sul pavimento del negozio come le lancette di un conto alla rovescia; promettendo, o forse minacciando, che sarebbe tornata dopo l'ora di cena per la chiusura del negozio.

Hi-Fi e io non avevamo osato ribattere.

«Allora, si può sapere chi è che viene domani?» chiese Hi-Fi.

«I pezzi grossi di Washington».

«Grossi quanto?».

«Non lo so, di certo più grossi di noi due».

«Be', per quello ci vuole poco».

«Senza dubbio».

«E come facciamo con i clienti?».

Mi guardai intorno, c'era un discreto via vai di gente. «Hanno detto che saranno invisibili». Hi-Fi fece una smorfia. «Certo, come no. Mi sembra di vederli: "Su le mani brutti figli di puttana! Chi si muove è un uomo morto"».

«Può darsi, in ogni caso non abbiamo scelta».

«Già, siamo con le spalle al muro».

Con un tempismo perfetto, addirittura sinistro, i primi versi di *Heroes* invasero la quiete del negozio.

«Degli eroi…» sussurrai.

«Sì, ma solo per un giorno» ribatté Hi-Fi. «Un paio d'ore di celebrità, poi più nulla. Come Cenerentola».

Mi venne da ridere. «Be', alla fine lei si sistema con il principe, no? E poi vissero tutti felici e contenti».

«Solo perché quelle stronze delle sorellastre portavano un quarantasei di piede e la matrigna non se la ripassava nessuno, altrimenti...».

«Altrimenti cosa?».

Hi-Fi scosse la testa. «Lascia perdere».

Decisi di calcare un po' la mano. «Potresti scrivere alla Disney e proporre la tua versione dei fatti. Magari, chissà...».

«Ho detto lascia perdere».

Rimanemmo in silenzio, ascoltando Bowie fino all'ultima nota, all'ultimo verso, fino all'ultimo mattone di quel muro che non aveva mai avuto ragione di esistere, e che alla fine era stato preso a picconate.

«E poi, con tutto questo trambusto,» dissi quando la canzone sbiadì fino a scomparire «vedrai che ci faremo un bel po' di pubblicità».

Hi-Fi mi fissò dritto negli occhi. «Lo credi davvero?».

«Non lo so» borbottai. «Una cosa è certa però: mai prima d'ora un Presidente degli Stati Uniti d'America ha tenuto il discorso inaugurale del suo mandato in un negozio di dischi. Quindi, dal punto di vista dell'originalità, direi che ci meritiamo un bel dieci».

Il mio socio sorrise. «Anche nel caso in cui il Presidente in questione è il Boss?». «Considerando che il VinylStuff NYC è nato con la benedizione di Lenny Kravitz, è normale avere amici altolocati nel mondo della musica».

«Sì, ma non in quello della politica».

Inarcai le sopracciglia. «Diciamo che in questo caso c'è stata una sovrapposizione che non potevamo prevedere».

Hi-Fi si passò una mano sul mento, poi annuì. «E già, il Boss Presidente fa molto "barzelletta"».

«Se me lo concedi, faceva molto più ridere il suo predecessore».

«Chi, "parrucchino"?».

Annuii.

«Ma quella è stata tutta una messa in scena!» esclamò Hi-Fi

allargando le braccia. «Così, per far divertire il mondo. Dopo il petrolio dei Bush, il pomp… ehm… la riunione di Clinton nella Stanza Ovale e le belle promesse di Obama, l'America aveva bisogno di un tizio con quella faccia lì, uno yankee purosangue americano fino al midollo, ma anche improponibile dal punto di vista etico e morale; un tizio pronto a fare a pugni con l'Europa, la Cina e persino con l'Australia, per non parlare della Russia! Per uno come Trump va bene tutto, basta che ci sia qualcuno da mandare a quel paese. Lui si diverte così».

Gli concessi un piccolo applauso. «Complimenti per la profonda analisi socio-politica a stelle e strisce» ironizzai continuando a battere le mani. «Non ti facevo così ferrato sull'argomento».

Hi-Fi non fece caso al mio sarcasmo e prese a guardarsi intorno. Ero certo che avesse ancora qualcosa da dire: lo si capiva dallo sguardo con gli occhi ridotti a una fessura e le labbra serrate.

«Allora?» lo incalzai.

«La vuoi sapere qual è stata la prima cosa a cui ho pensato dopo l'elezione a sorpresa di Trump?».

Mi strinsi nelle spalle.

«Quasi quasi la prossima volta mi candido anch'io».

«Eh?».

Hi-Fi scosse la testa. «"Quasi quasi la prossima volta mi candido anch'io", è stata la prima cosa a cui ho pensato dopo aver saputo di Trump alla Casa Bianca».

Intuendo dove volesse andare a parare, cercai di fare il suo gioco. «Del tipo: peggio di così…».

«Esatto!» esclamò il mio socio. «Peggio di così, nemmeno Hi-Fi».

Non aveva tutti i torti. «Magari è la stessa cosa che ha pensato il Boss quando ha deciso di scendere in campo».

Il socio mi puntò un dito contro. «Sicuro, al cento percento!».

«Ok, mi hai convinto: tra quattro anni tu candidati e io ti prometto che avrai il mio voto».

«Sei proprio un patacca!».

«Dalla Romagna con furore» rincarai la dose. «Piadina a stelle e strisce come se piovesse, per non parlare del Sangiovese. Altro che Champagne alla Casa Bianca! Niente bollicine per quelli come noi, solo vino rosso e fermo. Quindici-sedici gradi e non sentirli, roba da mettere al tappeto persino lo Zar».

Hi-Fi strizzò gli occhi. «Lo Zar?».

Sospirai. «Intendo Putin, il russo».

Scosse la testa. «Lascia perdere, quello è uno che va a vodka. Lo Zar, come lo chiami tu, il Sangiovese lo usa per sciacquarsi i denti. Non lo piscia nemmeno, gli scappa fuori dal culo direttamente sotto forma di scorreggia. Hai presente, no? Com'è che si dice...».

«Cosa?».

«Dai!». Hi-Fi prese a gesticolare. «Quando si passa da liquido a "vento" senza passare dall'acqua».

«A vento?». Strabuzzai gli occhi. «Intendi da liquido a gassoso?».

«Esatto! Come si dice quando si passa da liquido a gassoso?».

«E-va-po-ra-zio-ne» scandii.

«Proprio quella!» esclamò lui tutto soddisfatto. «Putin si beve un bicchiere di Sangiovese e poi lo scorreggia un attimo dopo grazie all'evaporazione. Come se avesse una corsia preferenziale fatta apposta per il vino, una specie di tubo che collega direttamente la bocca al sedere».

L'immagine di Putin, intento a smaltire rifiuti organici made in Romagna seduto al tavolo insieme alla Merkel e a Macron, aveva un non so che di folkloristico. Mi lasciai andare, Hi-Fi mi seguì a ruota e ridemmo di gusto, come ai vecchi tempi. Poi, come un fulmine a ciel sereno, l'immagine dei tre capi di Stato intenti a decidere le sorti dell'Europa avvolti da una nuvola di gas tossico, venne scalzata da quella del tizio che aveva osato sfidare il mio socio, il piccoletto con la faccia da culo.

Smisi di ridere all'istante. «Che ne pensi di quello là?».

Hi-Fi si fece serio. «Intendi quello dello slam?».

Annuii.

«Tutto marketing».

«Non lo so...» sussurrai.

«Non lo sai cosa?».

«Te l'ho già detto: c'è qualcosa in lui che non mi convince».

Hi-Fi mi diede una pacca sulla spalla. «Ti dirò una cosa vecchio mio: a me di quel tizio non convince un bel niente. Lo vedo immerso in una specie di cortina di fumo, una barriera messa in piedi per confondere le idee alla gente. Se togli le solite spacconate da yankee, di quel tizio non rimane niente, nemmeno la barba!».

Forse aveva ragione lui, tuttavia... «Speriamo sia così» dissi.

«Vedrai, su queste cose non mi sbaglio».

«Eccoli qua, i signori indiscussi della scena musicale newyorkese!».

Alzammo lo sguardo, imitati dalla maggior parte dei clienti del negozio, e fermo sulla porta vedemmo Floyd.

«Me ne vado» sussurrò Hi-Fi.

«Non credo, socio» borbottai cercando di limitare al minimo i movimenti della bocca. «Tu adesso rimani qui con me a discutere con quel tizio».

«Altrimenti?».

Floyd si stava avvicinando alla cassa. Hi-Fi e io, protetti dal banco, cercammo di inventarci (così su due piedi) qualcosa da fare.

«Ehi, dico a voi: fenomeni da baraccone pizza-spaghetti-e-caffè-espresso! Non prendetemi per il culo». Quell'uomo era un fiume in piena, come al solito. Non si sarebbe fermato nemmeno davanti a un burrone.

Io e il mio socio ci guardammo intorno, spaesati quasi fossimo capitati lì, all'interno del nostro negozio, per puro caso. La pantomima non funzionò affatto.

«Certo, come no!» esclamò Floyd una volta giunto in prossimità del banco. «È inutile che facciate finta di niente, cari i miei Starsky and Hutch all'italiana, è proprio con voi due che voglio parlare. Adesso. E visto che tra meno di trenta minuti sarò in riunione tra le nuvole con Jeff Bezos, vi chiederei di limitare al minimo le stronzate. Sono stato chiaro?». Tirò su col naso un paio di volte.

Hi-Fi e io ci scambiammo un'occhiata.

Quanta ne avrà sniffata per arrivare a scomodare addirittura Jeff Bezos?

«Una montagna innevata» sembravano dire gli occhi del mio socio.

Floyd era, come sempre, elegantissimo: abito d'alta sartoria, impermeabile sottobraccio, borsa in pelle confezionata a mano e mocassini di camoscio; tutto rigorosamente italiano. E poi taglio e rasatura impeccabili (amava ripetere che l'unico modo per avere capelli e barba in ordine era quello di andare dal barbiere ogni mattina). Unica nota stonata, la sua faccia, sciupata oltremisura; gli anni, addosso a Floyd, parevano viaggiare al doppio della velocità.

«Che ti serve?» ruppe gli indugi Hi-Fi.

Lui lo osservò per qualche secondo. «Non prendermi per il culo, *Alta Fedeltà* alla Nick Hornby, lo sai benissimo perché sono qui».

«La tua copia del mese?» mi gettai nella mischia senza troppo entusiasmo, solo per solidarietà nei confronti del socio.

«Lo vedi che il tuo amico è più sveglio di te?».

«Ascoltami bene Floyd...» attaccò Hi-Fi con fare minaccioso.

«Ragazzi,» alzai le mani «calma e gesso».

Floyd era una nuova specie di Lupo di Wall Street: stessa predisposizione per gli eccessi, identica ossessione per le belle donne, medesima ostinazione nel voler fare soldi a tutti i costi. Jordan Belfort c'era riuscito negli anni Ottanta sfruttando (o forse sarebbe più corretto dire condizionando) il cosiddetto *pump and dump* del mercato azionario, mentre Floyd ci stava riuscendo grazie alle cripto valute. Gestiva diverse agenzie, tutte invischiate in affari poco chiari (altra caratteristica che lo accumunava al suo illustre predecessore). Io non ci capivo nulla di quel mondo, Hi-Fi ne ignorava persino l'esistenza. Per lui, Floyd non era altro che la versione evoluta del venditore porta a porta del Folletto Vorwerk, uno da prendere a calci nel culo sulla soglia di casa nella speranza di cancellargli dalla faccia quel sorrisetto da stronzo.

«È arrivata ieri» dissi.

«Molto bene» esclamò il Lupo facendo roteare il naso come se all'interno alle narici avesse una colonia di formiche. «Hai controllato il numero di serie?».

«Certo».

«Io vi lascio» disse Hi-Fi. «Non posso assistere a questo spreco di tempo e di denaro». Floyd lo osservò allontanarsi senza commentare poi, rivolgendosi a me, continuò: «Me lo spieghi perché a quello lì sto così tanto sul cazzo? In fondo gli porto soldi, no?».

Mi strinsi nelle spalle. «Non te la devi prendere, è fatto così. Dammi un minuto, vado a recuperare il tuo disco».

Lo lasciai alle sue riflessioni e mi diressi verso il retro del negozio dove, oltre al nostro ufficio, si trovava anche una saletta in cui parcheggiavamo i dischi ordinati dai clienti. Mi intrufolai nel corridoio (una specie di cunicolo, per la verità) stando attento a non sbucciarmi i gomiti, superai il bagno e infine entrai nella stanza dove, appoggiati su tavoli Ikea, c'erano dischi un po' dappertutto. Disposti in pile ordinate una di fianco all'altra, con dei post-it attaccati sulle copertine, sembravano pezzi di un puzzle smaniosi di prendersi per mano, pronti a dare vita a una nuova storia ancora da scrivere.

Andai alla ricerca del vinile di Floyd. Niente da fare, sembrava non esserci. Dopo aver scorso tutti i nomi scritti sui foglietti una seconda volta, mi guardai intorno, perplesso. Ero certo che fosse arrivato, era stato Hi-Fi a farmi presente la cosa. Ovviamente a modo suo. «C'è anche il disco dello stronzo» mi aveva fatto notare con una smorfia, seduto sul pavimento con una birra in mano mentre apriva una montagna di scatoloni appena consegnati dal corriere.

Ora però non lo trovavo. Passai in rassegna ancora una volta la distesa di vinili poi, casualmente, abbassai lo sguardo e lo vidi. Era finito in terra, in mezzo alla polvere che, chissà perché, in quella stanza si auto generava al doppio della velocità rispetto al resto del negozio, come se i dischi, una volta arrivati, volessero far perdere le loro tracce. Mi chinai e recuperai la copia di *The Piper at the Gates of Dawn* dei Pink Floyd. Soffiai viva la polvere e le diedi un'occhiata: sembrava a posto.

Floyd era "Floyd" per via di suo padre, un accanito fan della band pioniera della psichedelia. Tom non aveva voluto sentire ragioni e a nulla erano valse le proteste della moglie: quando il primogenito era venuto al mondo, era corso all'ufficio anagrafe e lo aveva registrato con il nome di Floyd. «Sarebbe potuta andare anche peggio» si era giustificato il vecchio Tom una volta messo al muro dall'intera famiglia. «Avrei potuto chiamarlo Pink!». Nessuno aveva osato ribattere.

Il piccolo Floyd era cresciuto in mezzo ai deliri geniali di Syd Barrett e all'estro creativo (decisamente più ponderato) di Roger Waters. Giunto prematuramente alla fine dei suoi giorni a causa del cancro, Tom aveva chiamato a sé il figlio sul letto di morte e, dopo averlo fissato dritto negli occhi, aveva preteso da lui un giuramento solenne.

«Certo papà» aveva risposto Floyd con gli occhi pieni di lacrime e il moccio al naso.

«Bravo figliolo» aveva sussurrato il padre. «Voglio che tu faccia questa cosa per me».

E così ogni mese Floyd acquistava una copia di *The Piper at the Gates of Dawn*. Ma non una copia qualsiasi: l'erede naturale del Lupo di Wall Street pretendeva a ogni acquisto un numero di serie ben preciso.

«Me lo spiega perché le serve proprio quel particolare numero?» gli avevo chiesto la prima volta che si era presentato in negozio con quell'insolita richiesta.

«È un segreto che mi ha confidato il mio vecchio prima di morire».

Avevo annuito, senza sapere cosa dire.

Floyd si era avvicinato, sporgendosi oltre il banco. «Non dovrei dirtelo, ma sto cercando un negozio di fiducia, e voi due mi sembrate tipi affidabili». Si era guardato intorno, alla ricerca di Hi-Fi. «Magari lui no. Tu però mi piaci, mi sembri uno a posto».

«Grazie».

«Lascia stare le smancerie» aveva continuato Floyd. «I numeri di serie sono la chiave».

«Eh?».

Aveva alzato lo sguardo al cielo, sospirato a lungo e poi mi avevo sbattuto in faccia un sorriso impresentabile. «I numeri di serie dei miei dischi non sono scelti a caso. Sono tutti numeri primi».

Oh, merda! Per un attimo mi era tornato alla mente il Professore, il tizio che ogni settimana si presentava in negozio a Cesenatico credendo di essere Albert Einstein. Non solo, quello svitato era convinto di essere giunto a un passo dalla dimostrazione della teoria della relatività e così mi subissava di formule, teoremi e dimostrazioni che, il vero Einstein, aveva già ampiamente dimostrato quasi un secolo prima. Per questa ragione, il giorno in cui Floyd – che non mi sembrava pazzo come il Professore, magari solo un tantino squilibrato – aveva chiamato in causa i numeri primi, avevo sentito un brivido freddo percorrermi la schiena.

«Numeri primi?» avevo borbottato.

«Sai cosa sono?».

«Certo che lo so! Sono quelli divisibili per uno e per se stessi».

«Solo per uno e per se stessi» mi aveva corretto Floyd. «Ma non è tutto qui. I numeri primi sono misteriosi, si portano dentro segreti che regolano gli equilibri dell'universo. Hai presente Einstein e la teoria della relatività?».

A quel punto gli occhi mi erano usciti leggermente fuori dalle orbite, avevo cominciato a respirare a fatica e il cuore aveva iniziato a galoppare a duecento battiti al minuto.

«Ti senti bene?» mi aveva chiesto Floyd.

Avevo annuito a fatica. «Sì…».

«Ok, lasciamo stare Einstein» aveva ripreso. «Sono disposto a pagare quello che c'è da pagare, i soldi non sono un problema. Ogni mese ordinerò una copia di *Piper* con un numero di serie ben preciso. E quando sarà pronta, uno di voi due, meglio tu, mi farà uno squillo e verrò a recuperarla. Pagherò sempre in contanti alla consegna. Pensi di poterlo fare per me?».

Andai alla ricerca di Hi-Fi. «Dovrei verificare con...».

«Pensi di poterlo fare per me?» mi aveva incalzato Floyd.

Certo che potevamo farlo. Sarebbe stato un lavoro un po' fuori dall'ordinario, ma spendendoci sopra del tempo era comunque alla nostra portata.

«Credo di sì. Ma ti costerà caro».

«Te l'ho già detto: i soldi non sono un problema».

Ci eravamo stretti la mano e così, da due anni, ogni mese Floyd veniva da noi a ritirare la sua copia di *The Piper at the Gates of Dawn*; quella con il numero di serie primo.

Ripercorsi il corridoio, stando attento a non lasciare pezzi di me sulla parete, fino a riemergere in negozio.

«Eccolo qua» annunciai mostrando il disco a Floyd.

Lui sorrise, poi me lo strappò di mano e cominciò a dilaniarne la confezione.

«Vedo che nel corso degli anni ci siamo guadagnati la tua fiducia» lo stuzzicai.

Lui parve non sentirmi, o forse fece solo finta. Una volta rimosso il cellophane tirò fuori il disco e cominciò a studiarlo con attenzione.

Andai di nuovo alla ricerca di Hi-Fi. Stava discutendo con un tizio nella zona dedicata al prog.

«Ok, fenomeno!» esclamò Floyd.

«Tutto... tutto a posto?».

«Perfetto, come sempre».

Che voleva dire, «perfetto»? Cosa si nascondeva dietro a quella strana ossessione per i numeri primi? Era una domanda che mi tormentava fin dal nostro primo incontro.

Decisi di affondare il colpo. «Floyd...».

«Dimmi tutto».

«Posso farti una domanda?».

«Dipende».

Silenzio. «Ecco…».

Floyd sorrise. «Ti stavo prendendo per il culo! Spara pure, senza alcuna pietà».

Mi feci coraggio. «Se un giorno decidessimo di tornare a casa, intendo in Italia, e prima di partire ti chiedessi di svelarci il mistero dei tuoi numeri primi, tu lo faresti?».

Il Lupo sembrò pensarci su qualche secondo, poi sorrise. «Certo, come no» rispose tornando subito a essere il solito Floyd, quello sicuro di sé. «Ma prima devi promettermi una cosa».

«Che cosa?».

«Ho bisogno di altri cinque anni».

Lo fissai dritto negli occhi, cercando di fare un rapido calcolo a mente. «Altri sessanta numeri?».

«Più o meno».

Mi passai la lingua sulle labbra. «Ok. Ti prometto che per i prossimi cinque anni rimarremo qui a New York».

«Molto bene!» esclamò lui.

Sembrava entusiasta, come se avessimo appena firmato un contratto da un miliardo di dollari. *Questo è il momento giusto*, mi dissi. *Adesso o mai più*. «Ti posso fare un'altra domanda, Floyd?».

«Spara».

«Non vorrei farti arrabbiare».

«Ho detto spara».

Sospirai, poi vuotai il sacco. «Ogni mese lo stesso disco dei Pink Floyd, ma con un numero di serie diverso. Non un numero qualsiasi, ma un numero primo». Mi concessi una pausa. «Insomma: non è che dietro a questa faccenda dei numeri si nasconde il segreto del tuo successo?».

Lui mi fulminò con lo sguardo. Una sensazione piuttosto sgradevole, per la verità, che durò solo un istante; poi Floyd tornò a sorridere. «Quanto ti devo, il solito?».

Annuii senza aggiungere altro. «Sì, certo. Il solito».

Lo vidi tirare fuori dal taschino interno della giacca un porta banconote d'oro.

«Ecco qua, centocinquanta in contanti, più altri venti per il caffè».

«No Floyd, davvero...».

Mi zittì con un gesto della mano. «Ehi bello, qui siamo a New York City, mica al vostro paesello con vista mare color merda. Il caffè di qualità, da queste parti, si paga caro».

Rimasi in silenzio.

«Ci vediamo il mese prossimo».

Mi porse la mano. Gliela strinsi.

«Buona giornata Floyd».

«Non credo» ribatté scuotendo la testa. «Bezos è un gran figlio di puttana».

Lo seguii con lo sguardo fino a quando non fu a ridosso dell'uscita.

«Ehi, Magic Buddy» esclamò all'indirizzo di Hi-Fi. «Ti ho lasciato due spiccioli per il caffè».

Lui gli rivolse uno sguardo senza volto, privo di qualsiasi interesse.

Floyd non si diede per vinto, anzi, rincarò la dose. «1967, Pink Floyd! Avanti fenomeno, sputa fuori tutto quello che c'è da sapere su questo maledetto disco» lo sfidò mettendo bene in mostra la copia di *The Piper at the Gates of Dawn*.

Hi-Fi fece emergere il dito medio dalla mano destra, poi tornò alle sue cose.

«Sei tutto chiacchiere e distintivo!» ribatté quello, sorridente come un bambino nel giorno della paghetta.

Prima di uscire diede un'occhiata al suo Rolex d'oro e scosse la testa. «Cazzo, sono in ritardo, quello stronzo di Bezos mi farà sputare sangue!».

Lo vidi dileguarsi tra la folla, con il disco dei Floyd sottobraccio.

INTERLUDIO #1

Plutarco cammina lungo il sentiero guardandosi intorno. Il parco è immenso, intorno a lui ci sono alberi e fiori a perdita d'occhio. Il sole risplende alto in cielo, non c'è una nuvola. Cerbiatti, scoiattoli, volpi, ma anche leoni e giraffe, persino un elefante: tutti quanti a godersi la splendida giornata. Unica nota stonata, il canto degli uccellini che lo infastidisce un po'. Plutarco, tuttavia, decide di farselo piacere. In fondo, oggi, è una giornata speciale.

Dopo dieci anni di permanenza forzata nella "terra di mezzo" in attesa di espiare i propri peccati, Plutarco ha finalmente la possibilità di scambiare due chiacchiere con il Pezzo Grosso, il babbo di quell'altro, quello che prima dell'avvento di Elvis e dei Beatles, si era preso la briga di scendere giù sulla Terra e tentare il colpaccio riportando l'umanità sulla retta via. Una battaglia persa in partenza, un disastro annunciato: dopo un processo quantomeno discutibile presieduto da un tizio senza palle, il ragazzo, poco più che trentenne, era finito appeso a una croce in mezzo a due delinquenti. Uno dei due malfattori, giunto a un passo dall'esalare l'ultimo respiro, lo aveva addirittura preso per il culo, mentre l'altro – intuendo le sue potenzialità – aveva fatto buon viso a cattivo gioco, portando a casa il risultato a tempo abbondantemente scaduto.

«Bella figura del cazzo che abbiamo fatto» *si dice Plutarco fermandosi a fissare un albero carico di mele rosse.*

Sono anni che non mangia frutta. Laggiù servono solo pasta e fagioli e pane secco. Non tutti i giorni, tra l'altro.

Plutarco si avvicina con circospezione a tutto quel ben di Dio, si guarda intorno un paio di volte, poi con un gesto fulmineo acchiappa una delle mele, sradicandola da uno dei rami alla sua portata. Una pioggia di foglie gli finisce tra i piedi, e lui comincia a prenderle a calci come fossero serpenti velenosi.

È fatta. Il colpo è riuscito. Un rapido sguardo alla refurtiva, una mela rossa. Succosa persino alla vista, perfetta.

Plutarco sente la saliva riempiergli la bocca, è pronto ad azzannare la preda. Chiude gli occhi, mentre l'odore del frutto (del peccato) lo avvolge come una coperta in una notte d'inverno.

«Ci siamo», pensa. «Ora sei mia».

Un attimo prima di affondare gli incisivi nella polpa, l'uomo che un tempo era stato capace di guadagnare il palco dei Pink Floyd e suonare un intero concerto dopo il malore occorso a David Gilmour, ha un attimo di esitazione, come se proprio quel pomo rosso, il giardino incantato e il vago ricordo di un serpente con il brutto vizio del doppio gioco, facessero parte di una situazione già vista; una situazione dalla quale tenersi alla larga.

Plutarco riapre gli occhi. Osserva la mela. «Sento odore di fregatura» sussurra lasciandola cadere a terra.

«Bravo il mio uomo!».

La voce rimbomba alle sue spalle come una cannonata e fa librare in volo uno stormo di uccelli che per un attimo oscura il sole.

Plutarco si guarda intorno. È spaventato a morte.

«Davvero bravo!» ribadisce la voce. «Lo sapevo che non saresti caduto in tentazione come quei due patacca di Adamo ed Eva».

Ma che caz... *il tentativo di protesta interiore di Plutarco muore sul nascere; spazzato via da una specie di litania funebre che comincia a martellargli il cervello.*

Adamo ed Eva...
Adamo ed Eva...
Adamo ed Eva...
Adamo...
...ed Eva.

Click!

Improvvisamente Plutarco ricorda ogni cosa: Adamo ed Eva nudi nel bel mezzo dell'Eden, lei che si lascia fregare dal serpente cedendo alla tentazione di mangiare il frutto proibito, e lui che, per fare lo sborone e non essere da meno, emula le sue gesta. Un attimo più tardi arriva la soffiata al Pezzo Grosso che, piuttosto incazzato, estrae il cartellino rosso sbattendolo in faccia a entrambi. Il serpente si porta a casa la Coppa dei Campioni, ma l'Onnipotente ha un asso nella manica: prima condanna Adamo ed Eva a farsi il culo per il resto dei loro giorni e poi, qualche anno più tardi, decide di spedire il suo ragazzo sotto copertura sulla Terra per sistemare le cose. Non tutto va come previsto, ci sono degli alti e bassi ma alla fine, grazie anche a effetti speciali da Oscar, il figlio di Dio e la sua squadra di dodici, anzi, di undici eletti (il dodicesimo, un certo Giuda, viene allontanato dal gruppo dopo aver tentato di vendere la partita per trenta miseri denari), riescono comunque a portare a casa il risultato.

Triplice fischio finale.

Vittoria.

Plutarco sorride soddisfatto. È stato solo un tentativo di metterlo alla prova e lui, anche se ha vacillato, non si è lasciato fregare.

Il piccolo filosofo alza lo sguardo al cielo. Eccolo là: barba, capelli e veste immacolata; tutto come da copione.

«Ciao Cocomerometro» mormora Plutarco.

Dio sorride. «Ciao Plutarco. Non abbiamo molto tempo quindi, prima di cominciare a fare sul serio, ti pregherei di raccontarmi la storia dei Pink Floyd, quella del malore a Gilmour e della gente che si apre davanti a te come il Mar Rosso di fronte a Mosè».

Silenzio.

«Non so se ne sei al corrente,» riprende il Creatore «ma da queste parti sta spopolando, anche se girano delle voci contrastanti al riguardo. C'è chi sostiene che siano tutte str... ehm... insomma, falsità».

Plutarco si lascia scappare una smorfia. «Padre,» attacca in tono solenne «perdona loro perché non sanno quello che fanno».

Dio scuote la testa, poi mette in mostra una specie di sorriso. «Devo ammetterlo Plutarco, sei un dritto. Ma ti sconsiglio di usare le battute del mio ragazzo, lui ci tiene a questo genere di cose. A ogni modo, raccontami la tua versione dei fatti, quella originale. Sono dieci anni che aspetto con impazienza».

Plutarco annuisce. «Ok, se proprio ci tieni».

«Ci tengo».

«Sei pronto?».

«Quando vuoi».

Il piccolo filosofo si concede un attimo di raccoglimento, chiude e riapre gli occhi un paio di volte, poi alza improvvisamente le braccia a mezz'aria e comincia a descrivere una specie di cerchio invisibile. «Anfiteatro romano di Pompei» esclama. «1971. Ventimila persone. Gilmour, Waters, Mason e Wright sul palco...».

«E Barrett?» azzarda Dio, gettando l'amo a tradimento. «Non vorrai mica tenere fuori dalla storia il vecchio Syd?».

Plutarco non abbocca. «Syd veglia su di loro dal lato oscuro della Luna. Senza far

rumore».

L'Onnipotente si passa una mano tra la barba, ridendo di gusto. «Che spasso che sei, Plutarco! Potrei stare qui ad ascoltarti per l'eternità».

Ma l'uomo non lo sente nemmeno, Pluta è già altrove, in mezzo a un pubblico che non esiste, pronto a guadagnare il palco non appena David alzerà bandiera bianca e Roger

chiederà proprio a lui di salvare lo show.

Non c'è più tempo. Le luci si spengono senza fare rumore, mentre il boato della folla riempie il cielo di Pompei di stelle luminose. Quattro uomini straordinari guadagnano il palco.

Poi è solo musica.

3

East Village, New York
5 novembre 2020, sera

Hi-Fi si chiuse la porta del bagno alle spalle. Poi, con addosso ancora i pantaloni e le mutande, si lasciò cadere sulla tazza del water. Era triste, arrabbiato, ma soprattutto stanco. La storia bis con GG cominciava di nuovo a fare acqua da tutte le parti. Che stupido era stato a ricascarci, come un ragazzetto in piena tempesta ormonale. Un errore fatale, da principiante.

Una volta arrivato a New York, Hi-Fi si era sistemato con una ragazza in gamba, una Dj piuttosto famosa. Le cose sembravano andare per il verso giusto, poi però era arrivata GG e tutto era andato di nuovo a rotoli. Quella maledetta aveva attraversato l'oceano in first class, sorseggiando champagne e gustando sushi, e si era presentata al VinylStuff NYC come se niente fosse, come se presente e passato fossero gemelli divisi alla nascita per errore, smaniosi di riabbracciarsi. Aveva chiesto di Hi-Fi al buon Tata che, per poco, non era svenuto.

«Tu non ci crederai mai, ma la tua ex è appena stata qui».

«Che cazzo stai dicendo?».

«GG ti rivuole indietro».

Per i primi mesi Hi-Fi non aveva voluto sentire ragioni: aveva una nuova vita, una nuova città e una nuova compagna. Era felice.

Ma GG non si era data per vinta: aveva trovato lavoro come corrispondente del *New York Times* per gli affari italiani e poi, senza dare troppo nell'occhio, aveva iniziato a tessere la sua tela con calma, senza forzare troppo i tempi, sicura che prima o poi Hi-Fi ci sarebbe cascato di nuovo.

Cosa che puntualmente era avvenuta l'ultimo giorno del 2015. Hi-Fi e Tata, in preda al delirio di onnipotenza tipico degli italiani capaci di ottenere un minimo successo in territorio newyorkese, avevano deciso di festeggiare l'arrivo del nuovo anno in negozio, organizzando un *new year's eve party* con più di duecento invitati, e la partecipazione straordinaria di Norman Cook (conosciuto anche come Fatboy Slim) ai piatti.

La fatidica sera del 31 dicembre 2015, Hi-Fi – davanti al tubino nero alla Audrey Hepburn e al tacco dodici di GG – aveva ceduto di schianto, abbondantemente prima della fine dei primi quarantacinque minuti di gioco, praticamente al calcio d'inizio.

Tata aveva tentato di tutto per riportarlo sulla retta via, ma ormai il danno era fatto. Se n'era accorta anche la compagna di Hi-Fi che, a onore del vero, aveva tentato di riconquistare il suo uomo fino all'ultimo scampolo di festa, con ogni mezzo che il buon Dio le aveva messo a disposizione. Ma non c'era stato nulla da fare: Hi-Fi era cotto, pronto per essere servito (di nuovo) alla tavola di GG che, impugnati coltello e forchetta, dopo aver messo in mostra un sorriso capace di far sorgere dubbi sulla sessualità di Lucifero in persona, si era scagliata sulla vittima predestinata di quel Capodanno senza alcuna pietà.

Trovato rifugio tra le quattro mura amiche del gabinetto, Hi-Fi chiuse gli occhi e si prese la testa tra le mani.

L'immagine di GG in sella a un cavallo alato con tanto di fulmini e saette lo fece rabbrividire. «Cazzo...» sussurrò.

Sospirò a lungo e poi cercò di ritrovare la giusta concentrazione scacciando via dalla mente ogni pensiero.

Dall'oscurità emerse la figura di sua nonna, colei che per prima gli aveva trasmesso la passione per la musica quando era solo un marmocchio.

Esausto, Hi-Fi si lasciò andare.

Decisi di andare a controllare, Hi-Fi era ormai chiuso in bagno da almeno mezz'ora. Percorsi il maledetto corridoio, sempre troppo stretto, e arrivai davanti all'ultima porta a sinistra.

«Hi-Fi!». Bussai con una certa insistenza. «Tutto bene là dentro?».

Nessuna risposta.

«Hi-Fi, non fare lo stronzo, ok?». Nell'istante in cui finii di formulare la domanda mi resi conto del doppio senso.

Probabilmente lo intuì anche il mio socio. «Già fatto» rispose.

«Si può sapere che diavolo stai facendo chiuso nel cesso da mezz'ora?».

«Te l'ho appena detto».

Alzai gli occhi al cielo. «Ok, il concetto mi è chiaro. Intendevo dire: che diavolo ci fai là dentro da più di mezz'ora oltre che alleggerirti la coscienza?».

«Ripensavo a mia nonna».

«Tua nonna?».

«E a GG».

«GG e tua nonna» sospirai. «Scusa socio ma non ci vedo il nesso».

«Nemmeno io».

«Sei sicuro di stare bene?».

«Sto bene».

«Quindi tutto ok, posso tornare di là?».

«Un minuto e sono da te».

Non mi convinceva affatto ma continuare a parlare con una porta, e per di più chiusa, non era di certo il massimo a cui potessi ambire.

«Allora vado».

«Vai».

Con uno strano retrogusto amaro in bocca, che lì per lì non seppi a cosa attribuire, tornai in negozio dopo essermi sbucciato, per l'ennesima volta, i gomiti contro la parete del corridoio.

«Ce l'avete *Let the Music Play* di Barry White?».

Ero ancora alle prese con il gomito sbucciato e stavo finendo di medicarmi la ferita, quando alzai lo sguardo e mi ritrovai davanti un tizio con due occhiaie così profonde da far invidia al Nosferatu di Murnau. Si guardava intorno come se non riuscisse a darsi pace per qualcosa o come se nell'ultimo paio d'ore avesse bevuto una ventina di caffè. Portava un giubbotto di pelle nero e un berretto di lana con i colori della Jamaica. Intorno al collo aveva una grossa sciarpa che sembrava proprio intenzionata a strozzarlo.

«Certo che ce l'abbiamo» risposi. «E se mi dai un secondo, ti dico dove sta».

«Grazie» borbottò il tizio.

I suoi occhi si aprivano e chiudevano senza sosta, pareva in preda a un tic nervoso.

«Tutto bene?».

«Sì, tutto bene».

Annuii, poi andai al computer. Inserii il titolo e feci partire la ricerca.

«Eccolo qua» dissi. «Lo trovi nel settore black music. Lassù». Indicai la zona sopraelevata. «Gli album sono in ordine alfabetico. Cerca la w. Non puoi sbagliare».

«Grazie, amico» mi rispose Nosferatu. «Anzi, grazie a tutti e due».

Aggrottai la fronte.

«Tutti e due chi?» azzardai. «Ci sono solo io qui».

Il tizio parve rifletterci un po' sopra, poi domandò: «E allora chi è quel ciccione nero lì, quello di fianco a te?».

Mi guardai intorno, prima a destra poi a sinistra ma non vidi alcun ciccione. Mi passai la lingua sulle labbra, avevo un brutto presentimento. Decisi di procedere per piccoli passi. «Ah!» esclamai. «Ti riferisci a lui» dissi indicando qualcosa che non esisteva alla mia destra.

Il vampiro non parve per nulla convinto. «Veramente...» borbottò «... intendevo dall'altra parte. Lì non c'è nessuno».

La solita storia del cinquanta percento di probabilità che non funziona mai.

«Sì, scusa» tentai di giustificarmi. «È che dopo una giornata intera passata qui dietro, si comincia a dare i numeri».

«Non dirlo a me» ribatté Nosferatu.

Ecco, bravo. Mi sa proprio che sei arrivato al capolinea, almeno per oggi.

«Quindi mi assicuri che funzionerà?» chiese il matto che mi stava di fronte, appoggiando le mani sul banco e sporgendosi verso di me.

Mi sentii gelare il sangue nelle vene. «Funzionerà cosa?» sussurrai.

Il tizio sorrise. «Il ciccione nero dice che con la sua musica sparata nelle orecchie Giulia dormirà tranquilla».

Avevo bisogno di Hi-Fi, lui in questo genere di cose era decisamente più bravo di me. Senza pensarci troppo, il mio socio avrebbe scavalcato il banco e preso a pugni quel tipo prima ancora di chiedere spiegazioni, evitando di entrare nel merito per non complicare le cose.

Mi sforzai di osservare più attentamente chi mi stava di fronte. Chiunque fosse, si portava addosso in maniera piuttosto evidente i tratti tipici del pazzo assassino: profonde occhiaie, leggero tremolio della mano, stato di eccitazione ingiustificata e – cosa forse più evidente – allucinazioni dettate da una più che probabile patologia di natura schizofrenica.

Hi-Fi però era ancora al cesso. Il che lasciava presagire che me la sarei dovuta cavare da solo.

«Chi è...» mi schiarii la voce «chi è Giulia?».

Il tizio sorrise in un modo che non mi piacque per niente, e per poco non me la feci addosso. *Maledetti romanzi di Stephen King!* Quella robaccia ti entra in circolo e ti fa cagare sotto per settimane: clown ammazza bambini, scrittori stermina famiglie, ragazzine telecinetiche e decine di altre macabre diavolerie; una specie di festival della pazzia.

«Giuly è mia figlia» rispose Nosferatu. «Ha solo tre mesi. Nonostante le voglia un bene dell'anima, ci sono giorni – la maggior parte, per la verità – in cui passata la mezzanotte vorrei strangolarla». Alzò le mani e piegò le dita, rendendole simile ad artigli.

Porca di quella vacca troia impestata ladra! esclamai senza fiatare. *Questo qui è fuori di testa. Andato, partito per la tangente. Uno di quelli pronti a far fuori la figlia solo perché un ciccione nero, che in realtà non esiste, gli ha suggerito di farlo.*

«Si fa per dire, ovviamente» aggiunse lo psicotico.

Abbozzai un sorriso, e subito dopo mi ritrovai a stringere le chiappe a tal punto da trasformare la prostata in una lama affilata pronta a colpire.

«Certo» borbottai. «Figurarsi se uno può far fuori la propria creatura».

Sorrise anche lui. «La verità è che questa cosa me l'ha suggerita mio padre».

Addirittura il nonno! Una specie di famiglia di serial killer. Ma che razza di giornata di merda!

Diedi un'occhiata la telefono, era lì, a un passo da me. Se avessi alzato la cornetta e digitato il 911, forse avrei salvato una piccola vita umana da un tragico destino.

«Mio padre l'ha fatto con me» riprese il vampiro «e pare che la cosa abbia funzionato».

Non potevo attendere oltre: ora o mai più. Mi avventai sul telefono, lo strappai dal banco e me lo portai al petto. Sollevai la cornetta. 9-1-1.

Il tizio aggrottò le sopracciglia. «Che fai?».

«Pronto, sono uno dei proprietari del VinilStuff NYC».

Trascorsero un paio di secondi di silenzio.

«Qui da noi c'è... c'è un pazzo omicida» buttai là cercando di non farmi venire un infarto.

«Vuole uccidere sua figlia».

«Ma che...» tentò di protestare il non-morto.

In quel preciso istante rimpiansi di non avere una pistola in negozio. Nonostante fossimo americani a tutti gli effetti, Hi-Fi e io ci eravamo sempre rifiutati di alimentare il fenomeno della corsa agli armamenti così Made in Usa. Eravamo fermamente convinti che sparare non sarebbe servito a niente, se non a far lievitare il numero dei morti ammazzati. Ora però, se avessi avuto a portata di mano una pistola, anche una giocattolo, l'avrei impugnata e puntata contro il killer di bambini.

«Sì» dissi rivolgendomi all'agente di polizia che raccoglieva la mia richiesta d'aiuto.

«Siamo noi, quelli nel Village».

Stavo parlando ad alta voce, praticamente gridando, e i clienti cominciarono a rivolgere occhiate furtive in direzione della cassa. C'era da capirli: impugnavo il telefono come una mazza da baseball e stavo blaterando qualcosa in merito a un pazzo assassino. Inoltre, davanti a me c'era un tizio che sembrava non aver chiuso occhio da almeno un mese e che, tra l'altro, si guardava intorno con l'aria di essere l'unico responsabile di tutti i mali del pianeta. L'eco di quest'ultima considerazione, a cui aggiunsi involontariamente la variabile Barry White, prese a martellarmi le tempie: *Un tizio che sembra non aver chiuso occhio da almeno un mese... Barry White... ciccione... Giulia dormirà tranquilla.*

In quel preciso istante mi resi conto di aver commesso un errore madornale, uno di quelli da cartellino rosso.

Porca vacca! Davanti ai miei occhi prese a lampeggiare una scritta fluorescente: *Coglione. Coglione. Coglione. Coglione.* La vedevo fluttuare a mezz'aria e cambiare colore a ogni entrata in scena: rosso, verde, giallo e blu, e poi di nuovo rosso.

Porca di quella vacca, ribadii ancora una volta.

Cercando di salvare il salvabile (ammesso e non concesso che si potesse ancora salvare qualcosa da quella situazione al limite del grottesco), cercai di mettere ordine nella mia testa:

a) il tizio non dorme da mesi; b) il tizio ha una figlia piccola che si chiama Giulia; c) il tizio vuole acquistare un disco di Barry White che, guarda caso, è nero e sovrappeso. Diciamo pure ciccione, sperando di non offendere nessuno; d) il tizio crede di poter far dormire sua figlia Giulia (che non lo fa da mesi) grazie a *Let the Music Play* di Barry White. Questo perché suo padre, cioè il nonno della piccola, riusciva a fare dormire suo figlio, cioè Nosferatu, proprio con quella canzone; e) *Cazzo!*

La scritta *Coglione* smise improvvisamente di lampeggiare a mezz'aria. Poi, adottando il maiuscolo per dare ancora maggior enfasi alla mia débâcle, si presentò sotto una nuova veste. *C-O-G-L-I-O-N-E.* Avevo appena chiamato il 911. *C-O-G-L-I-O-N-E.* Il tizio di fronte a me non era affatto un killer di neonati. *C-O-G-L-I-O-N-E.*

E il ciccione nero? Dove si trovava? Sopra la mia testa? Oppure rannicchiato sulla spalla del gigante? La verità è che non esisteva alcun ciccione nero. Nosferatu aveva puntato tutto su Barry White, e l'assenza prolungata di sonno gli aveva giocato un brutto scherzo, tutto qua; era solo una specie di allucinazione dovuta alla stanchezza. *C-O-G-L-I-O-N-E.*

Ok, il messaggio era chiaro: ero un coglione, non avevo nulla da ridire al riguardo. «Ho fatto una cazzata» biascicai.

Lui, il papà di Giulia, annuì. «Mi sa di sì».

«È che...» cercai di giustificarmi.

«Per la verità è anche un po' colpa mia» aggiunse. «Sono mesi che non mi faccio una dormita come si deve a causa della piccoletta, e il mio aspetto...». Si diede un'occhiata dal basso verso l'alto, poi scosse la testa. «Insomma, se mi ritrovassi davanti uno così, cioè come me, forse il 911 lo chiamerei anch'io».

«No, guarda» dissi passandomi una mano tra i capelli e cercando di non mettermi a piangere. «Non ti devi giustificare. La cazzata è cento percento mia».

«Vabbè,» fece lui azzardando un sorriso «ormai è andata così».

Dovevo rimediare. «Aspetta un attimo».

Richiamai il 911 e ritrattai ogni cosa con la voce spezzata dai singhiozzi. Mi beccai una bella strigliata anche perché, data l'urgenza che avevo trasmesso a tutto il dipartimento, la pattuglia era già scesa in strada.

«E non potete richiamarla?» tentai.

«Certo che possiamo ma a questo punto,» mi rimbeccò una centralinista piuttosto incazzata «non sarebbe male se gli agenti le dessero una bella lezione su come ci si comporta con il prossimo».

«La prego» sussurrai. «Se lei sapesse chi sarà nostro ospite dopodomani... insomma, non possiamo permetterci di fare una figuraccia del genere».

«Sì certo» fece la centralinista. «Adesso mi dirà che dopodomani sarà lì da voi il Presidente».

Parlai prima di pensare, in piena trance agonistica. «E lei come fa a saperlo?».

«Mi ascolti bene signor VinylStuff NYC,» ribatté a muso duro la ragazza dall'altro capo del telefono «se ha intenzione di farsi beffe del dipartimento di polizia di New York, allora potrei anche ordinare ai ragazzi di prelevarla e portarla qui per una lunga notte di riflessione forzata. Che ne pensa?».

«Le chiedo scusa» mi affrettai ad aggiustare il tiro. «Sono un coglione».

«L'ha detto lei, signore».

«E lo ribadisco: sono un coglione. La prego di richiamare i suoi ragazzi alla centrale, qui è tutto a posto».

Mi misi in attesa, incrociando le dita.

Nosferatu, di fronte a me, mi osservava con un'espressione che trasmetteva un misto di stanchezza, comprensione e divertimento.

«Ok. Per questa volta lasciamo stare» concesse infine la centralinista.

Ripresi a respirare. «Grazie mille».

«Non aggiunga altro. Buona serata».

«Buona se…». La comunicazione venne interrotta.

Riagganciai.

Il padre di Giulia si strinse nelle spalle. «Settore black music, lettera W, lassù. Giusto?».

Annuii. «Offre la casa».

Il vampiro sorrise. «Ti giuro che se quel faccione di Barry White riuscirà a far dormire mia figlia, tornerò qui ad acquistare tutta la sua discografia. Pagamento in contanti».

Mi porse la mano.

Trattenni a fatica una risata e gliela strinsi. «In bocca al lupo» borbottai.

Lo seguii con lo sguardo dirigersi verso il settore Barry White.

«Credo di essermi cagato anche i capelli».

Mi girai. Hi-Fi era appena riemerso dal corridoio.

«No» dissi. «Sono ancora tutti lì. Te lo posso garantire».

Sorrise. «Ti ricordi, vero?».

«Cosa?».

«Stanotte ci sarà anche GG».

«Non mi sembri molto entusiasta».

«Credo che ci lasceremo di nuovo».

«Tra quanto?».

Hi-Fi diede un'occhiata all'orologio. «Questione di un'ora, poco più».

«Amore che va, amore che viene» dissi.

«Amore 'sto cazzo» aggiunse Hi-Fi.

«Non dive pavolacce! Io e te dobbiamo pavlare. Subito».

Ci girammo verso la sala. GG si era appena materializzata davanti a noi e, come sempre, era bellissima: capelli corti, occhi azzurri e cappottino corto di pelle che lasciava libero sfogo a splendide gambe affusolate, due opere d'arte moderna confluenti nelle caviglie più sexy che avessi mai visto, nonostante fossero messe a dura prova da un vertiginoso tacco dodici, o forse addirittura quattordici.

Questa volta fui io a controllare l'ora. «Non dovevi essere qui tra un po'?» azzardai.

«Vi ho fatto una sovpvesa» rispose lei, ammiccando.

Nosferatu, con le sue occhiaie da paura e un disco di Barry White sottobraccio, cominciò a gesticolare nei pressi dell'uscita. Gli feci un cenno, poi alzai il pollice. *Vai tranquillo.*

Lui oltrepassò le barriere antitaccheggio che, ligie al dovere, cominciarono a ragliare come un asino in un mattatoio.

«Al ladvo!» ululò GG. «Fovza, chiamate subito la polizia!».

Vedendomi titubante, Hi-Fi mi strappò il telefono di mano e chiamò di nuovo il 911. Non ebbi il tempo di fermarlo: la disfatta si compì davanti ai miei occhi senza alcuna pietà.

«Rapina in corso al ViniylStuff NYC!» esclamò a gran voce il mio socio.

Il brusio che udii uscire dalla cornetta mi parve stranamente familiare. «Spero per voi che non sia un'altra presa per il culo!» protestò la centralinista.

Hi-Fi mi fissò, perplesso.

Io chiusi gli occhi. Poi, a gomiti larghi per essere certo di infliggermi quanto più dolore possibile, mi dileguai attraversando di corsa il corridoio.

4

East Village, New York
5 novembre 2020, notte

«Questa volta è finita pev sempve!» esclamò GG facendo sbattere con violenza la porta contro il muro.

La osservai dirigersi verso l'uscita a grandi falcate. «E tu...» aggiunse puntandomi un dito contro.

Io mi portai una mano al petto, facendo finta di cadere dalle nuvole.

«Sì, pvoprio tu» ribadì la femme fatale. «Dì puve al tuo amico di andavsene affanculo!».

«Suppongo tu glielo abbia già raccomandato» azzardai.

Si concesse un gesto di stizza, come a voler scacciare una mosca. «Cevto che gliel'ho vaccomandato, ma savebbe meglio che anche tu gli vibadissi il concetto».

«Presenterò» borbottai.

«Ecco, bvavo».

GG riprese la sua personale sfilata in passerella, facendo risuonare i tacchi sul pavimento del negozio come martellate scagliate contro un'incudine. Io continuai a seguirla con lo sguardo senza dire una parola, e qualcuno dei clienti mi imitò, forse in maniera non del tutto disinteressata. La due volte ex del mio socio aprì la porta a vetri poi, prima di scomparire, si girò di nuovo verso di me con gli occhi fuori dalle orbite.

«Vaffanculo!» gridò a squarciagola.

«Sei una stronza» disse qualcuno alle mie spalle.

Mi girai. Hi-Fi se ne stava appoggiato al muro di fronte all'ingresso del corridoio. GG alzò il dito medio.

«Sai cosa farci con quello» ironizzò il mio socio. «Soprattutto a partire da stasera».

La faccia di GG si tinse di rosso, sembrava una carica di dinamite pronta a esplodere. Temetti il peggio, poi però vidi nascere in lei la consapevolezza di avere, ancora una volta, il coltello dalla parte del manico. «Non cvedo che lo usevò pev molto,» proclamò a gran voce «almeno non più di quanto l'abbia usato mentve stavo con te!».

Cacchio! mi dissi. *La signora è davvero su di giri.*

Hi-Fi parve accusare il colpo perché abbassò lo sguardo e non disse nulla. GG invece si lasciò andare a un sorriso da film horror che mi fece rabbrividire, poi, dopo aver messo agli atti l'ennesima vittoria sul mio socio, si richiuse la porta alle spalle e se ne andò senza aggiungere altro. Il caso volle che, nell'istante in cui scompariva dalla nostra vista, la musica all'interno del negozio cessasse di colpo, facendo sprofondare l'ambiente in un silenzio imbarazzante.

«Ti posso garantire che l'altra sera non la pensava affatto così» sussurrò Hi-Fi.

Mi girai verso di lui. «Cosa intendi?».

«La questione del dito».

Cercai di sdrammatizzare. «Sono cose che si dicono, tanto per. Soprattutto in momenti come questi».

Hi-Fi si avvicinò al banco e diede una rapida occhiata a destra e a sinistra. «Non ci crederai,» sussurrò «ma quando gode, la erre le esce fuori come se avesse ingoiato un bidone pieno di rane. Altro che accento francese!».

Mi venne da ridere.

«Te lo giuro» ribadì Hi-Fi. «Sembra un tagliaerba: RRRRRRRRrrrrrrrrrrrrrrrrrrrrrrrrrr...».

A quel punto non riuscii più a trattenermi e scoppiai in una fragorosa risata che mi fece piegare in due, mentre il mio socio, con un'espressione fiera e soddisfatta, prendeva a imitare le movenze di un giardiniere intento a spingere uno di quegli aggeggi per la manutenzione dei parchi.

«Ba... basta...» biascicai giunto a un passo dalle convulsioni.

«RRRRRRRRRRRRRRRRrrrrrrrrrrrrrrrrrrrrrrr...».

Niente da fare, Hi-Fi era in balia del suo stesso delirio. Abbandonò la cassa e cominciò a gironzolare per il negozio con le mani protese in avanti e lo sguardo fisso davanti a sé. I clienti, involontari testimoni del siparietto tra lui e GG, cominciarono anche loro a ridere, uomini e donne.

«Che ne pensa del nostro pratino all'inglese?» chiese Hi-Fi rivolgendosi a una ragazza con delle fantastiche treccine colorate sulla testa. Lei non rispose ma si limitò a sorridere e alzare il pollice.

E poi di nuovo: «RRRRRRRRRRRRRrrrrrrrrrrrrrrrrrrr...».

«E lei invece?» riprese il mio socio, questa volta chiamando in causa un tizio pieno di tatuaggi con in mano un album dei Prodigy «Che ne...».

«Che diavolo sta succedendo qui dentro?».

Il tagliaerba di Hi-Fi si fermò all'istante. Smisi di ridere e con me anche tutti gli altri. Il negozio sprofondò di nuovo nel silenzio, mentre un'aria pregna di cattivi presagi prese a diffondersi tra gli scaffali, rendendo l'atmosfera pesante come piombo.

Io e Hi-Fi ci guardammo negli occhi.

È *lui*, mi dissi.

È *proprio lui*, confermò il mio socio.

Lui, il tizio che aveva riportato tutti quanti sull'attenti, si trovava fermo sulla porta d'ingresso e si guardava intorno con un'espressione piuttosto contrariata, come se il futuro dell'intero pianeta dipendesse dalla sua prossima mossa. Lo riconobbi all'istante nonostante il cappello calato sulla fronte e gli occhiali da sole, anzi, forse fu proprio grazie a quei due accessori – del tutto inutili vista l'ora – che riuscii a identificarlo.

Conoscevo quella faccia, in passato me l'ero ritrovata davanti almeno un milione di volte in fotografie, documentari e articoli di giornale. Gente che aveva fatto della musica la propria ragione di vita come noi avrebbe riconosciuto quel tizio a occhi chiusi perché sarebbe bastata la sua presenza, il suo ego smisurato, persino il suo odore intriso di storia e vinile, a far drizzare le antenne.

«Stavamo cazzeggiando» ammise Hi-Fi rompendo gli indugi.

Il tizio annuì, poi prese a passeggiare tra gli scaffali.

I clienti, esaurito lo spettacolo messo in scena dal mio socio, tornarono alle loro faccende. Nessuno sembrava essersi accorto di nulla, io invece continuavo a osservare colui che non-poteva - essere-davvero-chi-sembrava-essere-però-lo-era-di-sicuro senza togliergli gli occhi di dosso.

«Hi-Fi?» sussurrai cercando di non dare troppo nell'occhio.

Lui si girò verso di me. Gli feci un cenno con il dito indicandogli l'uomo e Hi-Fi annuì ripetutamente. Poi scandì nome e cognome senza proferire parola, come fossi sordomuto.

Alzai il pollice. *Ma non era in galera?* mimai incrociando le mani a mezz'aria.

Hi-Fi annuì di nuovo.

L'uomo con il cappello e gli occhiali da sole parve accorgersi di qualcosa; infatti alzò lo sguardo e prese a fissarmi. Azzardai un sorriso di circostanza ma lui non contraccambiò e si limitò a sostenere il mio sguardo per una manciata di secondi, poi tornò a occuparsi dei dischi. Li scorreva in maniera piuttosto approssimativa, come se non gli importasse granché. Oltre a quella specie di travestimento da Vip in incognito, portava abiti piuttosto comuni: un paio di jeans sbiaditi, delle sneakers malconce e un giubbotto di pelle.

Cercai di fare mente locale. Quando era avvenuto il fattaccio? Non me lo ricordavo. Ciò di cui invece avevo la certezza matematica in tasca, era che quel tizio aveva passato gli ultimi undici anni della sua vita dietro le sbarre; per omicidio, tra l'altro. Aveva fatto fuori la compagna sparandole durante una lite, proprio lui che aveva creato il cosiddetto muro del suono e che nel corso della sua carriera aveva lavorato con artisti del calibro di John Lennon, Tina Turner, Leonard Cohen, i Ramones e molti altri. Lo stesso tizio che ora, incredibile ma vero, continuava a rovistare tra i nostri dischi come se niente fosse.

Phil Spector non era mai stato un tipo incline ai compromessi anzi era un perfezionista, uno che si proponeva non solo di produrre un album ma di diventarne parte integrante curando anche gli aspetti legati alla composizione, agli arrangiamenti e alla messa a punto dei testi. Phil chiedeva molto ai suoi artisti e li spremeva fino all'ultima goccia di sudore e il risultato di quello sforzo spesso rasentava la perfezione. Purtroppo per lui, però, nella vita di tutti i giorni non riusciva a essere così "quadrato" come lo era nello studio di registrazione: alcol, droga, manie di persecuzione e una specie di depressione cronica avevano contraddistinto buona parte della sua esistenza fino all'epilogo criminoso che lo aveva visto finire in galera con l'accusa di omicidio.

Mi sistemai davanti a uno dei computer, aprii il browser e digitai "Phil Spector" su Google. Quasi nove milioni di risultati. Tralasciai le foto con lo storico produttore ridotto a una specie di relitto umano, e mi concentrai su Wikipedia:

Harvey Philip 'Phil' Spector (New York, 26 dicembre 1939) è un produttore discografico, compositore e musicista statunitense, tra i più influenti e rivoluzionari della storia della musica contemporanea.

Saltai un paio di paragrafi e feci scorrere la rotellina del mouse che, come una macchina del tempo in miniatura, mi portò avanti di trent'anni:

Il 3 febbraio 2003 la modella e attrice statunitense Lana Clarkson venne trovata morta nella sua residenza. Spector dichiarò che si era trattato di suicidio accidentale. Liberato dietro il pagamento di una cauzione da un milione di dollari, venne processato per omicidio di secondo grado e condannato in via definitiva il 29 maggio 2009 a una pena di diciannove anni all'ergastolo (quindici per l'omicidio di secondo grado più quattro per uso di arma da fuoco). Venne trasferito al Substance Abuse Treatment Facility and State Prison di Corcoran, in California. Potrà essere eventualmente rilasciato sulla parola nel 2028.

«2028...» sussurrai.

«Lo so a cosa stai pensando».

Alzai lo sguardo e me lo ritrovai davanti: Phil Spector si era tolto gli occhiali da sole e mi stava fissando dritto negli occhi.

Rimasi a bocca aperta.

«Mi mancano ancora otto anni per uscire sulla parola» aggiunse «ma francamente mi ero rotto i coglioni della California. New York è tutta un'altra musica».

Mi passai la lingua su labbra di carta vetrata, poi cercai di deglutire una specie di pallina da ping-pong.

«Sono evaso di prigione durante un permesso premio».

«E da quando in qua danno permessi premio agli assassini?».

Phil si girò verso Hi-Fi. Il mio socio lo stava scrutando con un'aria di sfida che non mi piaceva per niente.

«L'attricetta si è sparata. È stato un incidente».

«Ma davvero?».

«Proprio così, ragazzo».

«Non chiamarmi ragazzo».

Non so perché, ma Hi-Fi sembrava avercela con Spector. Avevo la netta sensazione che il suo disappunto, quella specie di insofferenza che vedevo trasudargli da ogni poro, non fosse perché il nostro amato negozio stava fornendo asilo a un tizio condannato per omicidio appena evaso di prigione, quanto piuttosto al fatto che quello stesso condannato per omicidio (appena evaso di prigione) fosse proprio Phil Spector.

«Hi-Fi, ascoltami…».

Il socio si girò verso di me, poi indicò Phil. «Non so se l'hai notato Tata, ma davanti a te c'è il grande Phil Spector, l'inventore del *Wall of Sound*, colui che ha rivoluzionato il concetto stesso di produzione discografica. Un autentico visionario che, se non ricordo male, ora dovrebbe riposare tranquillo dietro le sbarre di un carcere californiano».

«L'ho già spiegato al tuo amico poco fa» disse Phil tirando su con il naso. «La California è una rottura, molto meglio New York City».

«Signor Spector…» azzardai.

«Phil».

«Ok Phil,» aggiustai il tiro «ecco vede… ehm… il fatto che lei sia evaso di prigione, e che ora sia qui nel nostro negozio…».

«Bel posticino,» mi interruppe lui guardandosi intorno «devo ammetterlo. E voi due mi sembrate tizi a posto, dei veri amanti della musica».

«Puoi dirlo forte!» esclamò Hi-Fi.

Lo fulminai con lo sguardo. «Stavo dicendo» ripresi cercando di dosare bene le parole «che forse sarebbe meglio se lei... ecco, se ne andasse subito. Visto che...». Andai alla ricerca di un aiuto rivolgendo lo sguardo sul mio socio, invitandolo a concludere il pensiero.

«Se ti togli dalle palle adesso,» continuò Hi-Fi senza badare troppo alla forma «in via del tutto eccezionale potremmo anche decidere di non chiamare gli sbirri. Altrimenti...».

Alzai lo sguardo e maledissi la sua boccaccia.

Phil gli diede un'occhiata, poi tornò su di me e infine disse: «Devo affidare i master originali a qualcuno con i contro-cazzi, qualcuno che li sappia custodire fino a quando non tornerò in libertà. Potrebbero finire in mani sbagliate e sarebbe un bel problema».

Hi-Fi e io ci fissammo, perplessi. «Di quali master stai parlando?». Le nostre voci si fusero in una sola.

«Tutti quanti» rispose Spector.

«Intendi tutto quello che hai prodotto?».

Il galeotto annuì. «I ragazzi stanno vendendo ogni cosa».

«I ragazzi?» chiesi.

«I miei figli. Quelle canaglie stanno mettendo all'asta tutto ciò che ho costruito negli ultimi sessant'anni».

Non sapevo cosa dire. Hi-Fi invece sì. «Diciamo che come padre non sei stato di certo un esempio».

Phil parve rifletterci sopra ma non sembrava per nulla offeso. «Probabilmente hai ragione, però prova a metterti per un attimo nei miei panni».

Il mio socio lo squadrò dalla testa ai piedi. «No, grazie. Non ci tengo».

«Vorrei vedere te dopo undici anni di galera».

Non aveva tutti i torti, e nemmeno Hi-Fi: Phil era piuttosto sciupato, magro come un chiodo, gli occhi stanchi e pochi capelli; sembrava che la faccia potesse cadergli da un momento all'altro.

Decisi di intervenire. «Ascolta Phil, noi non c'entriamo niente con questa storia. Se hai delle rogne familiari, devi farti aiutare dal tuo avvocato. Noi...».

«Aspetta!» tuonò il padre del *Wall of Sound*.

Abbassai lo sguardo, come se a zittirmi fosse stato Dio in persona.

«So chi siete e cosa fate» riprese. «Voi due e in particolare lui,» indicò Hi-Fi «quello con il "dono", avete un rapporto speciale con la musica. Non siete due coglioni in cerca di affari a New York, qui dentro voi non vendete solo dischi. La vostra è una specie di missione».

«Una missione?». Hi-Fi si strinse nelle spalle.

«Proprio così, ragazzo».

«Ti ho già detto di non chiamarmi "ragazzo"».

Phil scosse la testa. «Quando sono scappato di prigione, due giorni fa, avevo appena letto un articolo su voi e il negozio, e mi sono detto: Ehi Phil, questi ragazzi possono darti una mano. Se darai a loro il materiale, lo custodiranno come un tesoro. Tata e Hi-Fi amano la musica proprio come te, non ti fregheranno mai».

Rimanemmo in silenzio per qualche secondo; dopo quella sparata, una specie di dichiarazione d'amore nei nostri confronti, persino Hi-Fi sembrava indeciso su come procedere.

«Che dovremmo fare?» chiese grattandosi il mento.

Il produttore sorrise. «Uno di voi due deve venire con me».

«E dove?».

«Agli Electric Lady Studios».

Hi-Fi annuì. «Intendi quelli di Jimi, qui nel Village?».

Spector indicò il mio socio. «Ferrato, il ragazzo».

Hi-Fi alzò gli occhi al cielo. «Se mi chiami un'altra volta "ragazzo", giuro che telefono agli sbirri».

In prima battuta fui io a propormi come accompagnatore.

«Eh no, caro mio!» esclamò Hi-Fi puntandomi un dito contro. «Se questo tizio decidesse di tirarci una fregatura, tu non saresti abbastanza ferrato in materia per capirlo».

Spector scosse la testa, senza commentare.

«Se i master non dovessero essere quelli originali» continuò il mio socio «io me ne accorgerei all'istante, tu invece no».

Nonostante mi costasse ammetterlo, Hi-Fi aveva ragione: la sua conoscenza su tutto ciò che riguardava musica e affini era di gran lunga superiore alla mia, e se Phil avesse tentato di fregarci, be', lui lo avrebbe smascherato di certo.

«Ok» borbottai senza nascondere un leggero rammarico «se lo dici tu. In ogni caso, se questi famosi cimeli dovessero risultare autentici, allora metteremo tutto nero su bianco, con un bel contratto firmato e controfirmato».

«Adesso basta!» protestò Phil. «Mi avete proprio rotto le palle con questa storia della fregatura. Io non frego nessuno, sono stato chiaro?». Si concesse una pausa durante la quale ci studiò con attenzione. «Ma voi due, ce l'avete una vaga idea di chi vi trovate di fronte?».

«Ce l'abbiamo eccome!» ribatté Hi-Fi senza esitare. «Chi ci sta di fronte è un tizio evaso chissà come da un carcere di Los Angeles e che, dopo aver lasciato un segno indelebile nella storia della musica, non ha fatto altro che combinare casini».

Seguì un silenzio piuttosto imbarazzante.

Abbassai lo sguardo, incapace di reagire. Per quanto Hi-Fi dicesse il vero, quel tizio era e rimaneva Phil Spector; insomma, non uno qualunque. Il mio socio invece, per nulla soddisfatto del colpo appena messo a segno, pensò bene di infierire. «Fosse stato Rick Rubin, allora...».

«Chi?». Lo sguardo dell'uomo si fece tagliente come una lama.

«Non fare il finto tonto!» esclamò Hi-Fi con un gesticolare da pazzo. «Hai capito benissimo di chi parlo: Rick Rubin, il produttore. Lui sì che è uno con i contro-cazzi!».

Spector, visibilmente su di giri, dopo essersi tolto il cappello si passò la mano lungo la superficie glabra della testa, dalla fronte alla nuca. «Quello lì non è nessuno» sibilò tornando a fissarci con le fiamme negli occhi. «È tutto chiacchiere e distintivo».

Hi-Fi non cedette di un millimetro. «È il migliore sulla piazza!».

«Bella piazza del cazzo!».

«Ascoltatemi bene voi due». Anche se controvoglia mi gettai nella mischia, deciso a chiudere la faccenda una volta per tutte. «La storia dei master non mi convince per niente, quindi io e il mio socio ci chiamiamo fuori».

«Non se ne parla nemmeno!» protestò Hi-Fi. «Io li voglio quei master».

«Ma guarda che non ce li sta mica regalando!».

«Lo so bene, che ti credi! Ma una volta che li avremo qui in negozio potrò studiarli attentamente, e cercare di capire perché quello lì ha fatto ciò che ha fatto a *Let It Be*».

Spector strabuzzò gli occhi. «Che diavolo vuol dire "capire perché quello lì ha fatto ciò che ha fatto a *Let It Be*"?».

«Lo sai benissimo a cosa mi riferisco. Tutta quella merda che hai messo nell'album: viole, violini e violoncelli, come se stessi registrando *La traviata*».

Phil, ormai instabile come un atomo radioattivo, tornò a fissarmi, rosso in faccia come una pizza al pomodoro pronta a esplodere. «Fallo smettere, adesso!».

«Io?».

«Sì, proprio tu» ribadì il produttore. «Se non lo fai smettere subito, giuro che gli sparo».

Hi-Fi e io ci guardammo trattenendo il respiro.

Guarda che questo non scherza. L'ha già fatto una volta, potrebbe farlo di nuovo. Cercai di trasmettere il messaggio al mio socio che, grazie a Dio, questa volta mi parve sulla mia stessa lunghezza d'onda. Poi però, da canaglia quale era, mise a segno il colpo da k.o., quello a tradimento. «Hai costretto il buon Macca a ristampare l'album nudo, senza tutte quelle porcherie da orchestra sinfonica che ti sei preso la libertà di ficcarci dentro. Vergognati!».

A quel punto l'autocontrollo di Spector, già sull'orlo del baratro, cedette di schianto e, con un gesto repentino, il galeotto infilò la mano nella tasca del giubbotto.

Ecco, mi dissi. *Ci siamo. Morti ammazzati per mano del più grande produttore discografico di tutti i tempi. Finiremo sui giornali. E, come se questo non bastasse, proprio a un passo dalla consacrazione voluta dal Presidente in persona. Bella fregatura.*

Prima che Hi-Fi e io potessimo mettere in atto una qualsiasi tipo di reazione, Phil tirò fuori il cellulare. Poi, strizzando gli occhi, cominciò a smanettarci sopra, facendo scorrere l'indice dall'alto verso il basso.

Hi-Fi si concesse una sbirciatina. «Che cosa stai cercando?».

Spector lo ignorò e, un attimo più tardi, tutto sorridente ci mostrò il telefono. «Eccolo!» esclamò. «Guardate qua, fenomeni che non siete altro».

Era un video di repertorio. Si vedeva un giovane Quincy Jones ritirare una statuetta d'oro massiccio dalle mani di un tizio con la capigliatura simile a quella di Big Jim, per poi concedere solo poche parole di ringraziamento alle telecamere.

«Il mio *Let It Be* sarà anche una merda come dici tu,» sussurrò Phil facendo scomparire di nuovo lo smartphone nella tasca «ma il buon Paul, l'Oscar, se l'è portato a casa comunque».

Non sapevo che dire, e nemmeno Hi-Fi, che mi sembrava piuttosto provato da quell'intenso scambio di battute.

«Ok, mi hai convinto» disse il mio socio. «Andiamo a prendere questi master e facciamola finita».

Si girarono entrambi verso di me, in attesa della sentenza definitiva. Ero provato anch'io, stanco di quella strana situazione, così alzai bandiera bianca. «Fate come vi pare».

Stipulammo una specie di accordo, buttato giù su un bloc-notes e firmato da tutti e tre. Una volta verificata la validità dei master, li avremmo custoditi all'interno del negozio in una zona non accessibile al pubblico e Phil ci avrebbe pagato per il disturbo. Bonifico anticipato per i primi due anni, poi saldo annuale a partire dal terzo fino a quando non fosse uscito di galera.

«E se poi non ti fanno uscire?» azzardò Hi-Fi.

«Lo faranno, stai tranquillo».

«Anche dopo questa scappatella coast-to-coast?».

L'evaso annuì. «Ci vediamo nel 2028, forse anche prima».

Hi-Fi e Spector lasciarono il negozio poco prima di mezzanotte, fianco a fianco, un condannato per omicidio appena evaso di prigione e il mio socio, amico intimo del Presidente degli Stati Uniti d'America.

Roba da non credere.

Quando alzai lo sguardo mi ritrovai davanti tre tizi. L'uno di fianco all'altro, come un piccolo esercito di reclute.

La ragazza che mi stava fissando non l'avevo mai vista prima. Era carina. Indossava un giubbotto di pelle e una minigonna scozzese, aveva belle gambe. La frangia, un alternarsi di ciocche tra il castano e il biondo, le scendeva sulla fronte fino a sfiorarle gli occhi blu, forse verdi. Teneva in mano una copia di *Cheap Thrills* della Big Brother and the Holding Company. Mi sorrise e io sentii qualcosa di strano prendere vita nello stomaco. Tirai su con il naso, poi feci scorrere nervosamente gli occhi da sinistra a destra. Prima che i nostri sguardi si toccassero di nuovo, mi ritrovai faccia a faccia con un bambino (davvero troppo giovane per essere fuori casa a quell'ora di notte) che stringeva al petto un album di Aretha Franklin come se fosse parte di sé. Infine, poco più indietro, c'era un tizio di mezza età dall'aria molto stanca. Teneva sottobraccio il *Greatest Hits* dei Police. Sembrava averle prese di santa ragione, e per di più da un pugile professionista. Le profonde occhiaie viola scuro che occupavano buona parte della sua faccia mi fecero ripensare a Nosferatu e alla sua figlioletta Giulia, la regina delle notti in bianco. Non c'era dubbio che meritassero entrambi, Nosferatu e quel tizio con la passione per Sting e i suoi compari, la possibilità di contendersi un ruolo da protagonista in un eventuale nuovo remake di *Dracula*.

«Prendo questo» sussurrò la ragazza appoggiando il disco sul banco.

Mi scrollai di dosso vampiri e bare e le sorrisi. «Bellissima» dissi, e nell'istante in cui finii di elaborare quel pensiero a voce alta, che non si riferiva né a *Cheap Thrills* – indubbiamente un ottimo album – né a Janis Joplin – di certo più brava che bella – mi resi conto che stavo parlando di lei; della ragazza con la frangia e il giubbotto di pelle.

La mia condizione di single incallito era da sempre materia di dibattito all'interno del negozio. Per Hi-Fi, raggiunti i quarantacinque anni, un uomo capace di intendere e volere non poteva in nessun modo fluttuare nella condizione di scapolo. A quell'età, a prescindere da quali fossero le preferenze sessuali del soggetto in questione, avere un compagno o una compagna stabile, era un must.

«Bellissima?» chiese la ragazza.

Riportai lo sguardo su di lei e un brivido freddo mi percorse la schiena. «Intendevo la voce di Janis» mi affrettai ad aggiustare il tiro.

Rimanemmo in silenzio per qualche secondo, poi lei disse: «La verità è che non ne capisco un accidente di musica...».

«Be', a giudicare dalla scelta, non si direbbe».

Si strinse nelle spalle. «Ti posso confidare una cosa?».

«Certo».

Si guardò intorno, sembrava imbarazzata ma il ragazzino e il tizio con le occhiaie stavano attendendo il loro turno osservando il pavimento.

«L'ho scelto a caso» sussurrò. «A occhi chiusi, seguendo le indicazioni di Jimi».

Aggrottai la fronte. «Intendi Jimi Hendrix?».

Lei strinse le labbra fino a farle sparire. «Lo so che sembra strano...».

«No guarda,» la interruppi e mi sporsi per farmi più vicino «di cose strane in tutti questi anni qui dentro ne ho viste succedere almeno un milione, quindi puoi stare tranquilla. Se hai scelto *Cheap Thrills* girovagando per il negozio a occhi chiusi sotto la direzione spirituale di Jimi Hendrix a me va benissimo. Ok?».

Mi parve di vedere qualcosa di nuovo farsi largo attraverso i suoi occhi, una specie di sollievo. Come a voler dire: *allora non sono pazza. Almeno non per questo tizio.*

«Ok, grazie» mormorò.

«Molto bene. Fanno dieci dollari».

«Solo dieci dollari?».

«Il prezzo sta scritto lì» indicai il disco. «Sulla copertina».

La ragazza gli diede un'occhiata. «Non me n'ero accorta».

«Se vuoi, abbiamo anche la prima stampa».

Mi osservò stranita, come se avessi appena bestemmiato.

«Intendo che ci sono versioni più costose di questo vinile».

«Ah... Ma con le stesse canzoni?».

Soffocai una risata. «Posso farti una domanda?».

La fanciulla annuì.

«È il primo disco che compri? Cioè... intendo il primo della tua vita?».

Lei si passò la lingua sulle labbra, sembrava di nuovo nervosa. Prese un bel respiro, poi pronunciò ciò che aveva da dire tutto d'un fiato: «La verità è che questa è la prima volta che entro in un negozio di dischi e la cosa mi fa vergognare come una ladra».

«Mi scusi». Il tizio con le occhiaie, già ribattezzato Dracula, si era fatto strada avvicinandosi al banco, e pareva piuttosto seccato.

Lo fulminai con la sguardo. «Sì?».

«Avrei una certa fretta, è possibile stringere un po' i tempi?».

«Non appena avrò finito con la signorina sarò da lei» risposi cercando di mantenere un tono accondiscendente.

Lui annuì. «Certo, mi scusi».

«Di nulla».

Riportai lo sguardo sulla ragazza. «Dunque, dov'eravamo rimasti?».

Lei sorrise. «Al fatto che questa è la mia prima volta in un negozio di dischi, e...» lasciò la frase in sospeso, come fosse indecisa sul da farsi.

«E?».

Di nuovo un sospiro. «E ho deciso di regalare questo album a una persona importante».

«Una persona importante». Bella fregatura.

«Un appassionato di musica?».

«Un esperto, più che un appassionato».

Annuii. «E credi che gli piacerà?».

«Non lo so» piagnucolò. «È stato Jimi a darmi la dritta».

«Ah già... Jimi. Be', devo dire che come consulente non è niente male».

Questa volta si lasciò scappare un sorriso convincente, il primo da quando avevamo cominciato a chiacchierare. «*Piece of my Heart*» sussurrò.

Alzai il pollice. «Gran pezzo, probabilmente il migliore dell'album».

«È fantastica».

«Magari tu non lo sai...».

«Non lo so di certo, credimi».

«Ok, allora ti racconto una cosa su questa canzone».

Lei si guardò intorno ancora una volta, di nuovo imbarazzata. «Ecco...».

«Che c'è?».

«Mi fa piacere parlare con te, davvero. Ma non credo sia corretto nei confronti degli altri clienti».

«Mi fa piacere parlare con te». Wow! Al diavolo gli altri clienti.

Diedi un'occhiata al ragazzino, poi a Dracula.

«Ho un'idea» buttai là.

«Sentiamo».

«Finisco con loro e poi sono di nuovo da te. Se ti va puoi fare un giro tra gli scaffali e scambiare altre quattro chiacchiere con Jimi».

Lei annuì. «Certo, Jimi va sfruttato a pieno».

Sorrisi. «Direi proprio di sì. Allora a dopo».

«A dopo».

La osservai allontanarsi e una parte di me prese a seguirla come un'ombra.

«Salve» esordì il tizio con la brutta cera.

«Salve. E mi scusi per l'attesa».

Dracula scosse la testa. «No, mi scusi lei per l'invadenza. È che mi trovo nel bel mezzo di un'emergenza».

Aggrottai le sopracciglia. «Che genere d'emergenza?».

«Ho il Nulla alle costole».

«Prego?».

Il tizio sospirò. «Ha presente il Nulla?».

Assentii senza troppa convinzione.

«Ecco, bravo. Io quella roba lì ce l'ho alle costole tutte le sere quando torno dal lavoro. Mi aspetta sulla porta di casa».

Non sapevo che dire.

«C'è un'unica stanza dove non può entrare, ed è quella...».

«... in cui conserva la sua collezione di dischi» finii io per lui, pentendomene subito dopo però.

Il tizio mi fissò incredulo. «Esatto. Ma come fa a saperlo?».

E adesso? Che diavolo mi era saltato in mente? Avevo forse già sentito raccontare una storia del genere? Non me lo ricordavo.

L'uomo si sporse verso di me. «Sono giorni che non dormo» sussurrò. «Passo tutta la notte ad ascoltare musica e bere vino».

E si vede, avrei voluto ribattere, ma non dissi nulla e mi limitai ad annuire.

«Pare che a lui non piaccia il baccano».

«Intende al Nulla?».

«Certo, e chi sennò!» esclamò il vampiro cercando di controllare il volume della voce.

«Magari non gli piace nemmeno il vino» azzardai.

Il tizio sembrò pensarci su, poi annuì. «Potrebbe essere».

Rimanemmo in silenzio per qualche secondo.

«Prende quello?».

Dracula abbassò lo sguardo e osservò la copertina dell'album dei Police, poi tornò a fissarmi. «*So Lonely*» disse.

«Non c'è».

«Cosa?».

«In quel disco, la canzone *So Lonely* non c'è».

«Sì, che c'è!».

Feci mente locale. Nonostante non fossi Hi-Fi, ero piuttosto sicuro che l'album *The Greatest Hits* dei Police non contenesse *So Lonely*. Chissà perché poi, in fondo era uno dei loro pezzi migliori.

«Le consiglierei di dare un'occhiata alla tracklist sul retro dell'album» dissi indicando il disco.

«Non c'è bisogno, a me va bene così».

Decisi di lasciar perdere e mi concentrai per un attimo sul ragazzino. Se ne stava con lo sguardo rivolto al pavimento ma sembrava essere altrove, con i contorni del corpo avvolti da un velo di tristezza: forse quello che vedevo in negozio era solo il suo ologramma non sintonizzato a dovere. Con lo sguardo andai alla ricerca anche della ragazza ma non la vidi da nessuna parte.

Imprecai in silenzio.

«Prendo questo» ribadì il vampiro appoggiando l'album sul banco.

Fui sul punto di ripetere ancora una volta le mie ragioni poi però valutai la cosa dal suo punto di vista: se era convinto che l'album contenesse *So Lonely*, quando io ero certo che solo la versione in Cd la includesse (terza traccia, per l'esattezza) per me andava bene comunque. Una volta tornato a casa, sempre se fosse riuscito a sfuggire al Nulla, quella specie di zombi si sarebbe reso conto del proprio errore.

«Ok. Sono venti dollari».

Dracula estrasse dalla tasca dei pantaloni un portafoglio semidistrutto, prelevò due banconote da dieci e le appoggiò sul banco. «Ecco».

«Grazie». Le recuperai e gli diedi lo scontrino, poi allungai la mano. «Mi dia il disco».

«E perché? Adesso è mio».

Mi venne da ridere. «Certo che è suo, volevo solo imbustarlo».

«Non è necessario».

«Come vuole, allora può andare».

Il tipo rimase a fissarmi.

«C'è qualcos'altro che posso fare per lei?».

Lui annuì. «Mi accompagneresti a casa?».

Certo, come no, uniti contro il Nulla. Una battaglia senza esclusione di colpi. «Mi dispiace, ma devo rimanere in negozio. Il mio socio è uscito per una commissione e io...».

«Hai paura, vero?».

Decisi di assecondarlo. «Sì, ho paura. E anche se non dovrei dirglielo, credo proprio che contro il Nulla non ci sia nulla da fare».

Come se l'avessi colpito all'altezza delle palle con una mazza da baseball, il tizio fece un passo all'indietro e finì contro il ragazzino.

«Ehi!» esclamò indispettito il piccoletto. «Faccia attenzione».

Il vampiro non lo vide nemmeno. Mi puntò un dito contro

e continuò a camminare a ritroso. «Tu sei d'accordo con lui» sussurrò guardandosi intorno con gli occhi fuori dalle orbite. «Tutti quanti lo siete».

I pochi clienti rimasti gli rivolsero un'occhiata priva d'interesse.

«Il Nulla vi inghiottirà!». Cominciò a correre verso l'uscita. «Vi inghiottirà tutti!» tuonò prima di richiudersi la porta alle spalle.

Silenzio. Qualche sguardo perplesso.

«La gente è davvero fuori di testa» sibilai.

Riportai l'attenzione sul ragazzo. Stava fissando l'uscita e scuoteva la testa. «E poi hanno il coraggio di dire a noi giovani che ci stiamo fottendo il cervello con i videogame e i social network».

Non aveva tutti i torti. «Magari quello è uno che gioca forte» azzardai.

Il piccoletto si girò verso di me. «Non mi sembra il tipo».

«Neanche a me».

«E a giudicare dalla puzza,» riprese appoggiando l'album di Aretha sul banco e mimando il gesto della bottiglia «mi sa tanto che è uno che beve forte».

«E dorme poco» aggiunsi.

Lui annuì.

Ancora una volta diedi una rapida occhiata al negozio: la ragazza se n'era andata e per di più senza pagare. Impossibile, le barriere antitaccheggio non le avrebbero mai permesso di uscire. Allora come diav...

«Anch'io ho la mia stanza magica» aggiunse il ragazzo interrompendo il corso dei miei pensieri.

«Come dici?».

Mi fissò dritto negli occhi, sembrava indeciso se continuare o meno. «No, scusa. Ho sparato una caz...».

Scossi la testa sorridendo. «Eh no! Non credere di potertela cavare così a buon mercato, non con me». Lo inviati ad avvicinarsi prendendolo all'amo con il dito indice. «Avanti, spara!».

Il giovincello sembrò valutare la cosa molto attentamente, poi disse: «A casa c'è questa stanza dove mi piace stare da solo...».

Annuii. «E?».

Si passò una mano tra i capelli, come se volesse togliersi di dosso l'imbarazzo. «... ed è magica, davvero. Lo è».

Serata davvero interessante. Prima la tizia vergine in materia di dischi che si era dileguata con un trucco da prestigiatore dopo avermi riempito lo stomaco di farfalle, poi un pazzo furioso pronto a combattere un'epica battaglia contro il Nulla, e ora un ragazzino capace di scomodare addirittura la magia. Chi sarebbe stato il prossimo? Un hobbit?

«Davvero?» gli chiesi.

«Sì, la stanza del muro».

«Il muro?».

Il ragazzo annuì. Sulla faccia aveva un accenno di barba poco credibile, quella che dalle mie parti in Romagna eravamo soliti chiamare pelo cotto, la peluria isterica che fa da apripista a una vera e propria barba. Vestiva in modo differente dai suoi coetanei, non sembrava affatto un seguace del rap come la maggior parte dei teenager newyorkesi e, del resto, il disco che teneva in mano lo dimostrava. Era basso di statura e sembrava piuttosto magrolino, ai piedi portava uno strano paio di scarpe, il genere di calzature ortopediche utilizzate per correggere un difetto di postura.

«Ti piace il soul?» gli chiesi.

«Non solo».

«E cosa ascolti, oltre al soul?». Non capitava spesso, per la verità quasi mai, di poter discutere di musica con un giovanotto di quell'età. Decisi di sfruttare l'occasione, cercando di vedere la cosa come una specie di indagine di mercato.

«Dipende dai giorni» rispose.

«Quindi dipende se la giornata è andata bene o male?».

Annuì. «A volte sento il bisogno di continuare a ridere fino a scoppiare, altre invece mi serve una buona ragione per smettere di piangere».

Rimasi in silenzio.

La sirena *assistente sociale* prese a lampeggiare sopra la mia testa, un allarme invisibile che potevo vedere e sentire solo io. Quante volte mi era capitato di dover ascoltare le storie dei clienti? Almeno un milione. Storie nere, rosa, bianche e blu, in alcuni casi addirittura trasparenti, senza un inizio e una fine; a volte erano solo vortici di sentimenti costretti a girare all'infinito, fino a perdere buona parte della loro forza, emozioni ridotte a brandelli.

Eppure, incredibile ma vero, ero stato ragazzo anch'io: i primi amori non corrisposti, le prime sbronze, cazzate, e le prime battaglie contro i genitori. Ripensai senza volerlo alla prima volta che una ragazza era finita nella mia cameretta. Avevo sì e no quindici anni e non andò benissimo.

Sentivo tutti i muscoli facciali contratti, forse stavo sorridendo ma da quanto tempo stessi sostenendo quella più che probabile espressione da coglione, non avrei saputo dirlo. Il ragazzino, dando prova di una buona dose di pazienza, per nulla consona alla sua giovane età, continuava a fissarmi.

«Perso nei ricordi?» mi chiese.

«Scu... scusami» borbottai. Poi decisi di vuotare il sacco. «Anche ai miei tempi andava così. C'erano giorni che richiedevano dosi massicce di AC/DC e Deep Purple, altri invece che chiamavano a gran voce ballate tipo *Wish You Were Here* o *I've been Loving You too Long*».

«Grande Otis» disse il ragazzino.

«Be', grande anche Syd».

«Certo, ma lui era già volato via quando hanno scritto *Wish*».

«L'hanno scritta per lui, però».

Sorrise. «Hai ragione. Se fosse rimasto sulla Terra, forse non ci sarebbe mai stata una *Wish You Were Here*».

«Probabile».

Il negozio si era svuotato, eravamo rimasti solo lui e io. L'aria sembrava aver cambiato peso specifico, avevo la netta sensazione che stesse per accadere qualcosa di grosso.

«Parlami del tuo muro» domandai senza rendermene conto, assecondando l'assistente sociale che premeva per uscire allo scoperto nonostante l'ora.

«Quando è morto,» sussurrò il ragazzo abbassando lo sguardo «mio padre mi ha lasciato un'eredità fatta di musica».

Bravo patacca! Adesso voglio proprio vedere come gestisci la faccenda. Mi maledissi in silenzio.

«Ventinovemila-settecento-trentadue album in vinile».

«Ventinovemila-settecento-trentadue». Cercai di visualizzare trentamila dischi e ciò che vidi mi piacque. «È quello il tuo muro?».

«Sì. Un muro che non divide la gente e che ha il potere di avvicinare ciò che spesso le parole allontanano».

«Quanti anni hai?».

«Quindici».

«Te ne davo tredici».

«In famiglia non ci sono mai stati giganti».

Sorrisi, quel tipetto la sapeva lunga. «E com'è che ti chiami?».

«Se ti va puoi chiamarmi Syd».

«Syd?».

«È un nome come un altro, ma non farti fregare: io non sono mica un genio».

«Be', mi sembri un ragazzo in gamba».

Syd si guardò intorno. «Tutta apparenza».

Non sapevo come affrontare l'argomento, ma era una cosa che andava fatta. «E tua madre lo sa che sei in giro a quest'ora?».

«Mia madre si è risposata».

Non faceva molta differenza, almeno per me. «Lo sa oppure no?».

«Sì che lo sa» rispose lui senza troppo entusiasmo. «Anche se potrebbe esserselo dimenticato».

«Di norma le madri non dimenticano cose legate ai propri figli».

«Alcune sì».

Si stava chiudendo a riccio. Vedevo spuntare dal nulla una specie di corazza che, poco per volta, lo stava isolando dal mondo. Decisi di mollare. Non avevo il diritto di fargli del male, e allo stesso tempo non avevo alcun obbligo di fargli del bene.

«Prendi quello?» indicai il disco sul banco, *Aretha Live at Fillmore West*. «Sei sicuro che nel tuo muro questo mattone non ci sia già?».

«Sicurissimo».

«Allora siamo a posto così».

Syd aggrottò le sopracciglia. «Guarda che ce li ho i soldi».

«Certo che li hai. È che mi piacerebbe…» mi concessi una pausa per andare alla ricerca delle parole giuste «… mi piacerebbe poter contribuire alla crescita del tuo muro. Vorrei tanto che nella tua stanza magica, a partire da questa sera, ci fosse un po' anche del VinylStuff NYC. Sarebbe un onore, davvero».

Syd sorrise e vidi i suoi occhi diventare lucidi. Un leggero spasmo delle labbra, poi allungò la mano verso di me. «Gra…» si chiarì la voce con un leggero colpo di tosse «… grazie».

«E di che? Sono io che ringrazio te. Tra un milione di anni, quando ritroveranno il tuo muro sepolto dalla polvere e cominceranno a studiarlo, a un certo punto rivedrà la luce anche il nostro *Aretha Live at Fillmore West*, e allora un po' della magia di questo negozio si sprigionerà nell'aria. Il VinylStuff NYC vivrà di nuovo. Come in quel film sui dinosauri».

«Ti riferisci a *Jurassic World*?».

«No, quello prima, o forse ancora prima». Ci riflettei su qualche secondo. «*Jurassic Park*!».

«Prima del prima del prima del prima del…» prese a canzonarmi Syd.

«Ok, ho capito» lo interruppi con un gesto della mano. «L'unico tizio da Giurassico, almeno qui dentro, sono io».

Per la prima volta lo vidi ridere davvero. «Sei forte!» esclamò Syd.

«Anche tu, Syd».

«Oskar» disse tornando serio. «Mi chiamo Oskar».

«E io sono Tata».

Ci stringemmo la mano.

«Ogni tanto posso tornare a parlare con te?».

«A patto che compri valanghe di dischi!».

Il ragazzo mi guardò con un'espressione stranita. «Per il muro?».

«Certo, voglio che buona parte del tuo muro venga costruita con i mattoni del VinylStuff NYC».

Il ragazzino mi puntò un dito contro. «Sarà fatto Mr Tata!».

«Molto bene signor Syd-Oskar».

Ridemmo insieme, poi Oskar diede un'occhiata all'orologio da polso. «Adesso devo andare».

«Vuoi che ti riaccompagni a casa?».

«No».

«Sicuro?».

«Sicuro».

Recuperai il disco e lo infilai in una busta. «Ecco. Adesso sei pronto».

«Grazie ancora» aggiunse.

«È stato un piacere».

Oskar si girò e si diresse verso l'uscita.

Mi sentivo stanco ma felice, quel ragazzino mi aveva lasciato qualcosa dentro.

«Ehi Tata».

Alzai lo sguardo, Syd mi stava fissando. «Dimmi».

Rimase in silenzio, come se provasse vergogna per qualcosa.

«Che c'è?» lo incalzai. «Avanti, ormai siamo amici».

Sembrò ritrovare un briciolo di coraggio. Annuì un paio di volte, si prese un bel respiro e poi vuotò il sacco: «Mia madre si è risposata con uno stronzo. È un tizio ricco da far schifo, viviamo nel cuore di Manhattan in un grattacielo che sembra non finire mai. Li vedo di rado. Non è il massimo della vita ma ci sto facendo l'abitudine».

«E?» lo invitai a proseguire, certo che ci fosse dell'altro.

«E a scuola c'è un altro stronzo…».

«Il mondo è pieno di stronzi. Fidati, ne so qualcosa».

Oskar sorrise. «Questo qui però ce l'ha con me. Vuole i soldi per le sigarette».

«E tu che fai?».

«Non sono mica scemo, glieli do. È il doppio di me. Anche se non ci vuole molto per essere il doppio di me».

Sorrisi.

«Tutte le mattine gli do cinque dollari, a volte anche dieci. Così lui può comprare le sue sigarette e morire presto».

Il delitto perfetto, pensai.

«Che dici Tata, faccio male?».

«È lui che fa male a romperti le palle» risposi. «Dovresti dirlo a qualcuno. Ai professori, al preside o a tua madre, per esempio».

Oskar fece di no con la testa. «No Tata, io continuo a finanziare il suo suicidio. Sperando che arrivi presto».

Non sapevo che dire: quel ragionamento era palesemente sbagliato, ma una parte di me faceva il tifo per lui. Decisi di assecondarlo. «Ok, Oskar. Allora attendiamo fiduciosi che lo stronzo tiri le cuoia».

Il ragazzino annuì. «Lo sapevo che avresti capito».

Alzai il pollice. Oskar contraccambiò.

«Ciao Oskar».

«Ciao Tata».

Abbassai lo sguardo, pronto a immergermi di nuovo nelle questioni del negozio. La parentesi *assistente sociale* sembrava finalmente conclusa.

«Tata?».

Parlai senza pensare, continuando a fissare il tavolo. «Che c'è, hai per caso dimenticato il terzo stronzo della tua lista di stronzi?».

Oskar esplose in una fragorosa risata.

«Allora, chi è che ha vinto la medaglia di bronzo della stronzaggine?» rincarai la dose. Ridemmo insieme come due vecchi amici, poi Oskar ritrovò un minimo di contegno e indicò l'uscita. «Nessun altro stronzo, davvero. Ti volevo solo dire che qualcuno ha lasciato un disco vicino alla porta».

«Che disco?».

«*Cheap Thrills…*».

Smisi di ridere all'istante. Spalancai la bocca per dire qualcosa, ma non riuscii a proferire parola.

«... hai presente?» riprese Oskar. «Janis Joplin e tutta quella compagnia di sbandati».

Mi passai la lingua sulle labbra. «Ok» borbottai. «Adesso... adesso vengo a dare un'occhiata».

Oskar si chinò a recuperare il vinile e lo appoggiò sopra a uno scaffale. «Buonanotte Tata, ci vediamo presto» disse uscendo dal negozio.

«Buonanotte» mormorai.

Rimasi immobile dietro al banco per almeno un minuto, forse qualcosa di più. Non sapevo che fare. La ragazza aveva lasciato il disco in negozio ed era fuggita. Perché? Avevo fatto qualcosa di sbagliato? Decisi di andare a controllare. Quando arrivai nei pressi dell'uscita vidi che sul retro dell'album era attaccato una specie di post-it, un foglietto rosa.

Mi sentii gelare il sangue nelle vene. Presi il disco tra le mani e lessi il messaggio.

Mi dispiace, ma non sapevo come dirtelo: sei tu la persona speciale esperta di musica alla quale volevo fare questo regalo. Non è vero che non sono mai stata in un negozio di dischi, al VinylStuff NYC ci sono stata un sacco di volte ma non ho mai trovato il coraggio di parlarti. Oggi finalmente mi sono decisa a farlo poi però non sono riuscita ad arrivare fino in fondo. Volevo, anzi no, voglio che tu abbia un pezzetto del mio cuore sempre vicino a te.

A Piece of My Heart.
Ci vediamo.
Ciao.
Jane

Non c'era alcun numero di telefono né indirizzo mail, nulla. Se non fosse tornata, le probabilità di rivederla sarebbero state basse, anzi no, bassissime.

Avrei voluto piangere, sbattere la testa contro il muro e morire all'istante. Proprio così, meglio morire piuttosto che vivere senza di lei.

La porta si spalancò all'improvviso e il mio cuore, già messo a dura prova, per poco non si fermò del tutto, arrivando a un passo dall'esaudire la mia richiesta di trapasso. Alzai lo sguardo e strabuzzai gli occhi: Hi-Fi, sudato fradicio, stava ansimando come se avesse appena tagliato il traguardo della maratona cittadina.

«Che diavolo è successo?».

«Phil...» borbottò il mio socio tra un sospiro e l'altro.

«Phil cosa?».

Mi preparai al peggio ma evidentemente non fu abbastanza, visto che ogni ipotizzabile scenario catastrofico fu superato da quanto mi disse Hi-Fi un attimo più tardi mentre si passava la mano tra i capelli fradici: «Phil ha tentato di ammazzare Lady Gaga».

«Phil ha tentato di ammazzare Lady Gaga».

Cercai invano di dare un senso alle sue parole, ma non ci fu niente da fare.

«Phil ha tentato di ammazzare Lady Gaga», era decisamente peggio di qualsiasi peggio avrei mai potuto azzardare. Un disastro al di là dell'immaginabile.

INTERLUDIO #2

«Mi stai dicendo che hai suonato tutto lo show a fianco di Roger Waters, e per di più senza sbagliare nemmeno un accordo?».

Plutarco annuisce. «Assoli compresi».

«Wow!» esclama Dio. «Complimenti. E dimmi un po': come sono andati questi dieci anni?».

Il piccolo filosofo scuote la testa. «Allora Dio, ti dirò come stanno le cose: laggiù è uno schifo. Pasta e fagioli senza sale tutti i giorni, pane secco, acqua sporca. E poi...».

«E poi, cosa? Avanti Plutarco, dimmi».

«Là sotto non c'è musica».

«Ah no?».

«No. Silenzio totale».

Dio si passa una mano tra la barba. «Lo sai vero che esiste un laggiù ancora più laggiù?».

«Ne ho sentito parlare» ammette Plutarco.

Un uccellino troppo azzurro per essere vero si avvicina a Dio e comincia a svolazzargli intorno. Lui sorride, poi alza una mano. Il pennuto non se lo fa ripetere due volte e plana con delicatezza fino a quando le zampette non incontrano il dito indice del Creatore.

«Ti senti pronto?». La voce di Dio risuona potente e carica di riverbero, solenne al punto giusto.

Plutarco non risponde.

«Ti ho chiesto se ti senti pronto» ripete Dio.

«Dici a me?».

«E a chi sennò?».

Plutarco osserva l'Onnipotente, poi l'uccellino. «Pronto per cosa?».

«Per tornare giù».

Una smorfia. «A dire la verità, pensavo che mi avessi convocato qui, nel tuo bel giardino, perché...».

«Perché sei stato promosso?».

Silenzio.

«Avanti, rispondi: credevi che dopo dieci anni di purgatorio la tua anima fosse già pronta per vivere tra i beati?».

Plutarco annuisce. «Insomma, pensavo che...».

«Plutarco!».

Un rombo di tuono risuona in tutto il paradiso come una cannonata. Persino l'uccellino, anche se a malincuore, abbandona la presa e si allontana sbattendo nervosamente le ali.

Anche Pluta si irrigidisce.

«Il tuo percorso di redenzione sarà lungo e tortuoso» riprende Dio. «E per quanto mi riguarda, continuerai a mangiare pasta e fagioli ancora per un bel po'».

«Un bel po' quanto?» azzarda l'ometto.

Il Creatore sembra rifletterci sopra. «Inizialmente avevo pensato a un soggiorno forzato della durata di mille anni».

«Mille anni? Ma Dio...».

«Alt! Non aggiungere altro».

«Ma...».

Il Signore, raggiunto il limite della sua infinita pazienza, si alza in piedi e sovrasta il piccolo filosofo. Lui abbozza un passo all'indietro ma inciampa contro qualcosa: la mela della fregatura gli fa perdere l'equilibrio e lo fa finire gambe all'aria.

Dio però non si ferma, anzi continua ad avvicinarsi con fare minaccioso. Sembra piuttosto arrabbiato e barba e veste non sono più immacolate come lo erano fino a qualche attimo prima.

Bravo coglione, si dice Plutarco. Sei riuscito a far incazzare persino il buon Dio. Roba da guinness.

L'Onnipotente incombe su di lui. Un paio di metri ancora e poi sarà finita; verrà spedito direttamente laggiù, dove il tizio con le corna e il forcone detta legge.

I passi di Dio risuonano potenti come cannonate. Boom! Boom! Boom! Il Pluta chiude gli occhi e comincia a contare.

«Plutarco?».

Nessuna reazione.

«Forza, tirati su».

Plutarco esita.

Il Creatore alza lo sguardo al cielo, poi si rende conto dell'inutilità della cosa. «Potresti, almeno per una volta, obbedire al Signore Dio tuo? Sta scritto anche nei comandamenti!».

Il piccolo filosofo apre gli occhi: il faccione dell'Altissimo è a una spanna dal suo naso.

«Ecco, bravo». *L'Onnipotente sorride.* «Avanti, adesso tirati su».

Plutarco decide di seguire il consiglio e si rimette in piedi, anche se con qualche difficoltà.

«Te lo chiederò ancora una volta» *riprende il Padreterno.* «Ti senti pronto?».

Questa volta il Pluta annuisce.

«Bene, perché ho una missione speciale da affidarti».

«Tipo agente segreto sotto copertura all'inferno?» *azzarda l'altro con un filo di voce.*

Dio esplode in una fragorosa risata che fa tremare il terreno circostante. Il piccoletto lo osserva piegarsi in due, battersi le mani sulle ginocchia e cercare di riprendere fiato fino a quando, con le lacrime ancora agli occhi, l'Onnipotente non sembra ritrovare un minimo di contegno.

«Se continui così, finirai per farmi morire» *borbotta cercando di sedare gli ultimi focolai di ilarità.* «E ti posso garantire che saresti il primo a riuscirci».

Plutarco si concede un'alzata di spalle.

«Devo rispedirti subito sulla Terra». *Il tono torna a essere quello consono a una divinità:*

profondo, potente e privo di emozioni.

«Sulla Terra?».

«Proprio così».

«Quindi, quando parlavi di "laggiù", non intendevi laggiù all'inferno?».

L'Onnipotente scuote la testa.

Plutarco si passa una mano tra i pochi capelli rimasti. «E perché mai dovrei tornare sulla Terra?».

Dio sospira. «Perché laggiù abbiamo un bel problema».

«E che genere di problema potrebbe mai risolvere uno come me?».

«Be', l'altra volta te la sei cavata piuttosto bene».

«*L'altra volta quando?*».

Il Creatore sorride. «*Ti dice niente il nome* VinylStuff*?*».

Il volto del filosofo si illumina come se qualcuno avesse appena inserito il cavo di alimentazione in un dispositivo ormai prossimo allo spegnimento. «*Tata e Hi-Fi!*» esclama. «*I super Cocomerometri*».

«*Proprio loro*».

«*Ero certo di averli sistemati come Dio com...*». Plutarco si interrompe e fissa l'Onnipotente. Lui gli fa cenno di proseguire. «*... Insomma, dopo il casino in cui si erano cacciati, e anche grazie all'aiuto di Lenny, mi sembrava di aver fatto un buon lavoro*».

«*Direi un ottimo lavoro*» aggiunge Dio. «*Ma come ben sai, New York non è Cesenatico*».

«*Già*».

«*Laggiù di pazzi ce ne sono tanti, addirittura troppi. E questa volta i ragazzi, i tuoi amici Tata e Hi-Fi, sono finiti in un bel guaio, alle prese con un pazzo di quelli con la* P *maiuscola*».

«*Davvero?*».

«*Il tizio ha deciso di farsi saltare in aria all'interno del negozio*».

Plutarco tira su con il naso. «*È un terrorista?*».

Dio scuote la testa. «*No, è una specie di cogli...*» un leggero colpo di tosse «*... una specie di invasato che ha deciso di fare fuori il Presidente degli Stati Uniti*».

«*E che diavolo c'entra Il Presidente con i ragazzi?*».

Il Padreterno si guarda intorno. «*Ah già, tu non sai niente*».

«*Io non so niente cosa?*».

«*Ecco vedi,*» sussurra il Creatore sporgendosi in avanti, in procinto di rivelargli un segreto di quelli tosti «*dopo che te ne sei andato, in America ci sono stati alti e bassi*».

«*Come sempre*».

«*Diciamo pure di sì. Anche se...*». Dio si lascia scappare una smorfia. «*Rinfrescami la memoria Plutarco, in che anno sei... ehm... insomma, in che anno sei morto?*».

«*2011*».

Il Creatore si concede un attimo per riflettere. «*Durante la presidenza Obama, giusto?*». «*Proprio lui!*» esclama Plutarco. «*Barack Obama, il primo presidente nero a stelle e strisce*».

«Esatto. E alla fine del suo doppio mandato,» riprende l'Onnipotente «incredibile ma vero, venne eletto Donald Trump».

Plutarco sgrana gli occhi, incredulo. «Chi, Donald Trump il palazzinaro?».

Dio annuisce.

«E com'è successo?».

«La solita storia, ci sono state le elezioni».

«Certo, ma chi c'era di così vergognoso dall'altra parte per far vincere uno come Trump?».

«La moglie di Clinton».

Plutarco si gratta il mento. «Cos'è? Sperava anche lei di farsi una scopata nella Stanza Ovale per pareggiare i conti con "rapporto improprio Bill"?».

«Ehi figliolo, vacci piano» gli fa Dio. «Non dimenticare chi hai di fronte».

Il Pluta abbassa lo sguardo. «Scusa».

«A ogni modo,» riprende l'Altissimo «al termine del suo primo mandato, Trump non è stato rieletto».

«Grazie a Dio!».

«No guarda, io in queste cose non c'entro nulla».

Plutarco sorride. «E chi sarebbe il nuovo presidente?».

«Non lo indovineresti mai».

«Be', a prescindere da chi sia stato eletto, dopo Trump sarebbe stato impossibile fare di peggio».

«Concordo pienamente, ma il nuovo presidente è uno di quelli che piace a tutti, una specie di intoccabile».

«Bono degli U2?» azzarda Plutarco sghignazzando come un monello.

«Ci sei andato più vicino di quanto credi, anche se Bono non è americano. E quindi...».

Il piccolo filosofo si fa improvvisamente serio. «È una star della musica?».

Il Signore annuisce. «Il Boss».

Silenzio. Plutarco tira su con il naso, non sa che dire.

«Springsteen è il quarantaseiesimo presidente degli Stati Uniti d'America. Ha vinto le elezioni qualche giorno fa sbaragliando la *concorrenza, una specie di plebiscito».*

«E mi spieghi che cosa c'entrano i ragazzi con questa storia del presidente/Boss?» chiede Plutarco.

«Nel corso degli anni,» risponde Dio «il Boss è diventato un habitué del negozio: interminabili sfide contro Hi-Fi, un paio di concerti in acustico per una ristretta cerchia di amici e i dischi rari per la sua collezione. Insomma, per fartela breve, quando Bruce si è candidato alle presidenziali, Hi-Fi gli ha fatto promettere che se avesse vinto avrebbe tenuto il suo primo discorso da presidente al VinylStuff NYC».

«E lui ha vinto».

«Esatto. Bruce ha vinto le elezioni e intende mantenere la promessa».

Plutarco scuote la testa. «Ma come ha fatto un tizio qualunque a intrufolarsi all'interno del locale durante una visita ufficiale del presidente? Immagino che i servizi segreti abbiano messo in sicurezza tutto il circondario, giusto?».

Dio annuisce. «Ti spiegherò tutto tra un attimo».

«E io dovrei tornare giù a sistemare questo casino?».

«Te lo chiedo come favore personale».

Il piccolo filosofo si prende qualche secondo per riflettere, poi domanda: «E il libero arbitrio? Dove lo mettiamo il fiore all'occhiello della tua campagna elettorale?».

Il Creatore sorride. «Diciamo che in casi come questi, casi che definirei critici per non dire disperati, la volontà dell'Onnipotente potrebbe avere il sopravvento».

«Capisco».

«Allora?».

«Non vorrei sembrare meschino, ma se accetto e poi le cose vanno male?».

«Pazienza».

«E se vanno bene, invece?».

Dio aggrotta le sopracciglia. «Mi stai chiedendo una ricompensa?».

«Lo definirei piuttosto un incentivo, una specie di stimolo emotivo affinché la probabilità di riuscita si alzi di un paio di tacche».

L'Onnipotente si gratta la barba. «Se tu riuscissi a sistemare le cose, diciamo che potrei anche valutare un trasferimento con effetto immediato».

«Quassù?».

«Quassù».

Plutarco annuisce. «Affare fatto!» esclama e poi gli porge la mano.

«Non è necessario» fa Lui. «La parola di Dio vale molto di più di una stretta di mano».

«Ok, come vuoi».

«Molto bene, allora preparati a tornare».

«Ho solo due domande».

Dio sospira, sembra provato. «Sentiamo».

«Quesito numero uno: cosa dovrei fare una volta tornato sulla Terra?».

«Salvare i ragazzi e il presidente».

«Ok, ma come?».

«Non ne ho idea!».

Plutarco tira su con il naso.

«E la seconda domanda?».

«Perché non scendi tu a sistemare le cose?».

«Libero arbitrio».

«Ma non avevi detto che...».

«Libero-arbitrio, punto e basta!» tuona l'Altissimo.

I due si fissano negli occhi.

«Già, la solita fregatura del libero arbitrio» borbotta Plutarco. «Mi sa proprio che con questa storia ce l'hai davvero messo nel c...».

«Plutarco!» grida Dio alzando le mani al cielo; poi, senza dargli la possibilità di ribattere, comincia a recitare una specie di formula magica con parole incomprensibili.

Il Pluta inizia a tremare come una foglia dalla testa a piedi mentre una luce bianca lo avvolge e lo solleva da terra facendolo svolazzare a destra e a sinistra come un palloncino in balia di un tornado.

«Che cazzoooooo succ...» sono le sue ultime parole.

La luce si fa più intensa, gli penetra nella bocca, negli occhi, persino negli orifizi più reconditi. E un attimo più tardi l'Onnipotente si ritrova solo, circondato dal silenzio, mentre poco per volta il canto degli uccellini riprende a fare da sottofondo e il giardino torna a essere quello dell'Eden.

«Grazie papà».

Il Creatore si gira: JC lo sta osservando e sembra soddisfatto.

«E di che, figliolo?».

«Di aver mandato quel tizio al posto mio».

«Tu hai già fatto la tua parte».

«E non è andata affatto bene».

«Si fa quel che si può».

«Credi che ce la farà?».

«È un tipo interessante».

«E bizzarro».

«Ha suonato con i Pink Floyd».

JC sorride. «Non è vero».

«Sì che lo è! Me l'ha raccontato lui».

«Ho parlato con Syd».

«E che ti ha detto?».

«Che si è inventato tutto».

Dio si passa per l'ennesima volta la mano sulla barba. «Maledetto imbroglione» sibila.

«A tua immagine e somiglianza, papà».

L'Onnipotente decide di non commentare.

5

«Non ci posso credere, la mia faccia è dappertutto!».

«Anche quella di Phil, però».

Hi-Fi non fece caso al mio sarcasmo. «Non è possibile staccare la spina e fare in modo che internet imploda su se stesso?».

Scossi la testa.

«E perché no?».

«Altrimenti l'avrebbero già fatto da un pezzo».

Il negozio era deserto, ma non poteva essere altrimenti, visto che avevamo appeso un cartello alla porta che non lasciava adito a dubbi:

Si avvisa la gentile clientela che oggi, 6 novembre, dalle ore 08.00 alle ore 13.00, il negozio resterà chiuso per attività di manutenzione straordinaria. Riapriremo al pubblico a partire dalle ore 14.00. Ci scusiamo il per il disagio. Grazie. Lo Staff.

«Quando arrivano i Mib?» mi chiese Hi-Fi.

«Chi?».

«Gli uomini in nero dei servizi segreti».

Diedi un'occhiata all'orologio, mancavano dieci minuti alle otto. «Tra poco».

«Che stai leggendo?».

Distolsi lo sguardo dal monitor. «La tua faccia».

«Vaffanculo!».

«Non te la prendere, in fondo Andy l'aveva predetto in tempi non sospetti».

Hi-Fi prese a camminare lungo gli scaffali guardandosi a destra e a sinistra. «Non me ne frega un cazzo dei miei quindici minuti di celebrità».

Tornai a fissare la faccia di Hi-Fi, quella immortalata sul web un po' ovunque insieme al viso di Phil Spector e di Lady Gaga: Phil sembrava Jack Nicholson in *Shining* durante la sequenza del bagno: «Wendy, tesoro, luce della mia vita!»; Hi-Fi invece pareva una specie di morto vivente: occhi grandi come palle da biliardo, bocca aperta e braccia protese verso Lady Gaga che, con un'espressione stranita, sembrava capitata lì per caso.

«Me lo racconti di nuovo, per favore?» azzardai.

Hi-Fi si fermò di colpo, più o meno al centro del negozio, e si girò verso di me.

«No».

«Ti prego».

«Ho detto di no!».

«Permaloso».

«Permaloso un par di palle. Vorrei vedere te, in una situazione del genere».

Tornai a leggere.

Terrore agli Electric Lady Studios di New York.

Ieri sera, intorno alla mezzanotte, la popstar Lady Gaga è stata vittima di un'aggressione a mano armata da parte del noto produttore discografico Phil Spector.

Spector, condannato nel 2009 a una pena detentiva della durata di diciannove anni per omicidio di secondo grado, si trovava a piede libero dopo una rocambolesca evasione dal Substance Abuse Treatment Facility and State Prison di Corcoran, in California.

L'aggressione è stata scongiurata grazie al tempestivo intervento di quello che, almeno inizialmente, si pensava fosse un complice dell'assalitore, visto che l'ex produttore dei Beatles e dei Ramones, nonché inventore del cosiddetto Wall of Sound, si era presentato agli Electric Lady Studios in sua compagnia.

Per Spector sono scattate immediatamente le manette e la conseguente custodia cautelare.

La dinamica dei fatti risulta ancora poco chiara, tuttavia – secondo le dichiarazioni rese dalla stessa Lady Gaga – si è appreso che durante una pausa dalle attività di registrazione del suo nuovo album, la popstar sia stata attaccata verbalmente da Spector.

«Ha cominciato a insultarmi, a inveire contro di me e la mia musica; diceva che non ero degna di far parte del suo mondo.

All'inizio non sapevo nemmeno chi fosse, quel tizio. Poi, quando quell'altro, quello che mi ha salvato la vita, ha cercato di blandirlo chiamandolo per nome, sono riuscita a dare un nome alla sua faccia».

Pare che nonostante i presenti abbiano cercato di far ragionare Spector, invitandolo a calmarsi, lui abbia cominciato a dare di matto, al punto da tirare fuori una pistola.

«Voleva ammazzarla» ha dichiarato uno dei produttori della popstar. «Le ha puntato la pistola contro ed era pronto a sparare. Sembrava posseduto dal demonio. E se non fosse stato per quell'altro…».

Tornai su Hi-Fi. Continuava a guardarsi intorno e ad annuire come se quella fosse la sua prima volta in negozio; con un disco di Dylan tra le mani appoggiato all'altezza del petto.

«Ehi, eroe…».

Alzò lo sguardo e prese a fissarmi senza proferire parola.

«Qua dicono che se non era per te» ripresi «a quest'ora Miss Germanotta era kaput, pronta a strimpellare il suo amato pianoforte a coda per l'Onnipotente in persona».

«Non sono affatto sicuro che Miss Germanotta, così come la chiami tu, meriti il paradiso» rispose Hi-Fi.

«Nemmeno l'inferno, però».

«Un sano e onesto purgatorio potrebbe giovare alla causa».

«Quale causa?».

«La sua redenzione».

Rimanemmo in silenzio per qualche secondo, uno stop durante il quale il negozio sembrò prendersi una pausa, forse addirittura assopirsi. Percepivo il respiro regolare dei vinili e la varietà dei loro sogni. Marmocchi dormienti pronti a scattare sull'attenti al primo richiamo della puntina.

«Pensi che l'avrebbe fatto davvero?».

Hi-Fi rimise il disco al suo posto, poi venne verso di me. «Non lo so, forse sì».

«Altro che carcere a vita, quello ha bisogno di un ospedale psichiatrico con tanto di stanzetta imbottita».

«Adesso non esagerare. In fondo, se ci pensi…».

Aggrottai le sopracciglia. «Che diavolo stai dic...».

«Ascoltami bene» mi interruppe Hi-Fi. «Phil è uno dei pochi fortunati che dalla vita ha avuto tutto: soldi, donne, successo e, cosa più importante per ogni artista che si rispetti, una bella pagina tutta per sé sui libri di storia, con tanto di foto e didascalia: "Phil Spector, il più grande produttore di tutti i tempi"».

Non dissi nulla, feci appena in tempo a rendermi conto di aver annuito.

«Poi un bel giorno il nostro piccolo genio va fuori testa» aggiunse il mio socio. «Droga, alcol, e paranoie varie: le solite stronzate da star. E senza rendersene conto, almeno questo è ciò che penso io, fa fuori la sua compagna; le spara a bruciapelo senza nemmeno guardarla negli occhi. Una brutta storia. Phil passa dalle stelle alle stalle e finisce in galera insieme ai delinquenti, quelli veri. Poi perde progressivamente contatto con la realtà, e nel giro di qualche settimana si ritrova fottuto per sempre. La sua pagina di storia viene strappata, data alle fiamme, gettata nella spazzatura. Phil non è più nessuno, non è mai esistito». Hi-Fi fece una pausa, poi riprese: «Un po' come Pantani e i personaggi che si creano e distruggono da soli perché, sotto sotto, si odiano a morte».

Rimasi a fissarlo per qualche secondo con la bocca aperta a mezz'aria. Non sapevo cosa dire. Quando voleva, quando una storia lo toccava fin nel profondo, Hi-Fi sapeva arrivare dritto al cuore della gente e, in qualche modo, si trasformava da cazzone a predicatore. Così, in un batter d'occhio.

«Allora?» mi incalzò. «Ti è piaciuta la sparata?».

«Sono... sono d'accordo con te» borbottai cercando di ritrovare il bandolo della matassa. «Ma questo non dà il diritto a gente come Phil di entrare in uno studio di registrazione e sparare a Lady Gaga solo perché quel tipo di musica, almeno secondo lui, non è all'altezza del suo operato».

«Chiaro, ma non è facile».

«No, non lo è. Però è giusto che torni in galera».

Hi-Fi annuì.

«E i master?». Mi ero completamente dimenticato dell'antefatto che aveva scatenato tutto quel casino: Phil aveva parlato di master originali nascosti da qualche parte nello studio.

«Non c'era nessun master».

«Era una balla?».

«Sì».

«E allora perché?».

«Perché cosa?».

«Perché noi!».

«Non lo so» ammise Hi-Fi. «Per me è entrato nel primo negozio di dischi che ha trovato aperto, e visto che noi facciamo notte...».

Probabile.

«E Lady Gaga,» cercai di cambiare discorso «com'è dal vivo?».

«Piccola e bruttina».

«Tutto qui?».

«C'è forse bisogno di aggiungere altro?».

«Non lo so, sei tu che le hai salvato la vita».

«Mi ha ringraziato».

«Ma non mi dire!».

«E la prossima settimana usciamo a cena insieme».

Fissai Hi-Fi come se mi avesse appena rivelato data e ora della fine del mondo. «Tu e Lady Gaga a cena insieme?».

Il mio socio sorrise. «L'hai detto tu stesso poco fa: in fondo le ho salvato la vita».

«Sì, ma...».

«Inoltre,» mi interruppe Hi-Fi «con questo suo invito comunque dovuto, la nostra Germanotta dà prova di avere un certo gusto in fatto di uomini».

Mi astenni dal commentare e andai dritto al punto. «E GG?».

Hi-Fi fece una smorfia, come se gli avessero ordinato di bere un bicchiere pieno di olio di ricino. «Io e GG non siamo più una coppia».

«Quindi è ufficiale?».

«Ti aspettavi che la notizia finisse sui giornali?».

Scossi la testa.

«È finita. Lo so io, lo sa lei, e ora lo sai anche tu. A chi altro vuoi che interessi?».

«Magari interessa a Miss Germanotta».

Hi-Fi si mise a ridere. «Certo, come no. Dopo il tizio con gli occhi azzurri e la barba incolta che finge di essere un cantante country, adesso si prende uno sfigato, senza un soldo e con una specie di deviazione mentale per la musica, per di più italiano come lei!».

«Be', detta così, pare proprio che abbiate diverse cose in comune. Potrebbe nascere qualcosa».

«Lasa perd, va là³».

Un grosso Suv nero si materializzò davanti all'uscita e parcheggiò salendo sul marciapiedi.

«Mi sa che ci siamo» bisbigliai.

Hi-Fi si girò verso la porta. «Mi sa di proprio che hai ragione».

Due tizi in giacca e cravatta, occhiali da sole, e l'immancabile auricolare d'ordinanza, scesero dal bestione a quattro ruote.

«E adesso?» chiese Hi-Fi.

«E adesso, niente» risposi. «Fanno tutto loro, noi dobbiamo solo stare a guardare».

«E cercare di non rompere le palle» aggiunse il socio.

La porta venne spalancata con una certa irruenza, i due agenti entrarono e cominciarono a guardarsi intorno. Uno era alto e magro, l'altro – manco a dirlo – era basso e piuttosto rotondetto.

I Blues Brothers mi dissi.

«Jake ed Elwood senza cappello» sussurrò Hi-Fi leggendomi nel pensiero.

«Siete i proprietari?» domandò Elwood.

«No, siamo due ladri» ribatté Hi-Fi. «Ma non vi preoccupate, ce ne andiamo subito, giusto il tempo di ripulire la cassa».

Jake ed Elwood si scambiarono un'occhiata.

«Ehi tu, ti interessa per caso un soggiorno gratuito a Rikers Island⁴?» gli chiese Jake.

Il mio socio non si scompose. «Calma ragazzi, ho solo fatto una battuta» tentò di giustificarsi. «Così, per rompere il ghiaccio e fare amicizia».

I due non dissero nulla ma ci vennero incontro con fare minaccioso, come fossimo due delinquenti.

Mi feci prendere dal panico. «Lui è quello che ieri sera ha accompagnato Phil Spector agli Electric Lady Studios» buttai fuori tutto d'un fiato.

Hi-Fi mi fulminò con lo sguardo.

«Avanti, adesso toglietevi dalle palle» ordinò Elwood. «C'è del lavoro da fare qui dentro». Un attimo più tardi io e il mio socio ci ritrovammo sbattuti fuori dal nostro negozio. Di Suv neri e grossi ora ce n'erano almeno una dozzina, che continuavano a vomitare fuori orde di Jake ed Elwood piuttosto incazzati.

«Sembrano le audizioni per un nuovo film dei *Blues Brothers*» commentai a bassa voce.

«Non vorrei essere nei panni di John Landis» aggiunse Hi-Fi.

«Nemmeno io».

Il mio socio si lasciò andare a una specie di risata afona.

«Che c'è?».

«Stavo pensando alla parte di John Candy».

Visualizzai il faccione di John nei panni dell'agente Burton Mercer quando, prima del concerto finale dei due fratellastri, ordina aranciate per tutti. *Volete un'aranciata?*

Un'aranciata, due aranciate, tre aranciate.

«E quindi?» dissi.

«E quindi se dovessero fare un remake, per quella parte ci vedrei bene Trump».

«Donald Trump?».

«Sì».

«Ma...».

«Ha proprio la stessa faccia da deretano, anche se meno simpatica di quella di Candy. Il che aggiunge un nonsoché di godimento quando per gli sbirri va tutto in vacca».

«Se lo dici tu».

Ci sedemmo su una panchina di fronte all'entrata del VinylStuff mentre decine di cloni dei Blues Brothers si intrufolavano furtivamente nel nostro locale.

«Nella parte di Ray Charles invece, ci piazzerei Barack Obama» riprese Hi-Fi.

«Addirittura!».

Il mio socio fece spallucce. «Visto che ci troviamo nel bel mezzo di un casino presidenziale...».

Decisi di chiudere gli occhi e far finta di niente.

Quando rientrammo in negozio, dopo almeno un paio d'ore di attesa (passate a discutere su quali fossero le migliori alternative in materia di attori per il remake del film di John Landis), gli agenti speciali Jake ed Elwood avevano preso il nostro posto al di là del bancone e si guardavano intorno con un'aria soddisfatta, come se il VinylStuff NYC fosse roba loro.

Sparsi un po' ovunque, a destra sinistra sopra e sotto come funghi spuntati fuori dal nulla dopo un acquazzone estivo, c'erano altri Mib; tutti uguali con giacca, cravatta, occhiali da sole e auricolare.

Hi-Fi e io ci bloccammo sulla porta. C'era qualcosa che non andava: l'aria sembrava molto più pesante di quanto non lo fosse prima che ci sbattessero fuori a pedate.

«Avanti ragazzi, venite pure dentro» ci invitò Jake.

Ragazzi a chi? avrei voluto ribattere.

«Ragazzi a chi?» esclamò Hi-Fi.

Gli scoccai un'occhiataccia ma lui alzò le spalle. «Non siamo più ragazzi già da un bel po'...».

«Lascia perdere».

«Allora?» c'incalzò Elwood. «Non abbiamo tutto questo tempo».

Riportai lo sguardo sugli agenti e, anche se controvoglia, mi diressi verso di loro. Hi-Fi si mise in scia.

«Il locale è stato messo in sicurezza» ci informò Jake quando ci trovammo faccia a faccia.

«E sarebbe?» chiese Hi-Fi senza badare troppo alla forma.

«Scarichi sigillati, telecamere, microspie, rete wireless disattivata e molto altro ancora. Un lavoro fatto a regola d'arte».

«Scarichi sigillati?». Hi-Fi si girò verso di me e prese a fissarmi.

Poi, quando si rese conto che non avevo nulla da dire, tornò sui Mib. «E come facciamo a cagare e a pisciare? Non ditemi che avete lasciato una coppia di vasini azzurri nel cesso?».

«Pensavo preferiste quelli rosa» ribatté Elwood.

Percepii un deciso aumento della temperatura corporea di Hi-Fi. «Il mio socio ha ragione» intervenni cercando di mantenere un tono accondiscendente. «Secondo voi dove li dovremmo fare i nostri bisogni ora che avete sigillato tutti gli scarichi?».

«Non è un problema nostro» precisò Jake. «Noi abbiamo dei protocolli da seguire e chiudere gli scarichi è uno di questi».

«Ammettiamo che al Presidente scappi una bella cagata presidenziale proprio nel bel mezzo del suo intervento qui in negozio» azzardò Hi-Fi. «Che si fa in un caso come questo? Uno di voi due mette le mani a coppetta e raccoglie il risultato del suo sforzo? Non ditemi che la vostra paghetta mensile comprende anche questo tipo di servizi!».

Chiusi gli occhi e mi preparai al peggio.

«Andiamo,» disse Jake, e per un attimo credetti che si riferisse al mio socio e al suo più che probabile soggiorno forzato nella prigione federale dello stato di New York «prima che mi venga voglia di sbattere questi due al fresco».

Riaprii gli occhi e seguii i due agenti con lo sguardo, trattenendo il respiro mentre abbandonavano il banco e si dirigevano verso l'uscita.

«Tutti fuori!» ordinò Jake.

Gli altri Mib scattarono sull'attenti e in una manciata di secondi si dileguarono.

«Ah, un'ultima cosa...» disse Elwood prima di uscire. Diede uno sguardo a destra e a sinistra. «Oggi pomeriggio sarà il turno di quelli dell'allestimento».

«Allestimento?» borbottò Hi-Fi.

«Bandierine a stelle e strisce, catering, impianto audio, poster, eccetera...».

«Ok» dissi.

«Mica tanto» aggiunse il mio socio.

«È la prassi». Elwood sorrise. «Noi rimaniamo nei paraggi, quindi fate i bravi».

Uscirono uno di fianco all'altro, come i veri Jake ed Elwood nella scena della Pinguina. Noi due invece, intimoriti da tutto quel trambusto federale, rimanemmo a fissare la porta come se da un momento all'altro potesse entrare l'esercito. «Che stronzi» commentò a un certo punto Hi-Fi.

Annuii. «A proposito...». Lasciai la frase in sospeso.

«Cosa?».

«Mi scappa».

«Cosa?» domandò Hi-Fi.

«Ho detto che mi scappa».

«Ho capito che ti scappa! Volevo capire la consistenza».

«Il pezzo grosso» sospirai.

«Rilascio psicologico».

«Che?».

«Dopo che i due stronzi se ne sono andati ti sei rilassato e... zac!».

«Smettila di chiamarli stronzi» sibilai cercando di soffocare un'improvvisa fitta di dolore al basso ventre.

«E perché? Non ti sarai mica affezionato a quei tizi solo perché si vestono come i Blues Brothers?».

Scossi la testa «Per niente».

«E allora?».

Sospirai. «Il problema è che quando te ne scappa una come quella che sto cercando di contenere, e per di più non hai un water a portata di mano, parlare di *stronzi* potrebbe risultare troppo stimolante. Non so se mi spiego».

Hi-Fi sembrò rifletterci un po' sopra, poi annuì. «Vado a togliere il cartello "lavori in corso" dalla porta».

Nonostante i sudori freddi, mi venne da ridere.

«Che c'è di così divertente?» volle sapere il mio socio.

«Visto il discorso sigillatura scarichi, non ho idea di come potrà andare a finire là dentro». Mi girai verso il bagno. «Quindi pensavo che quel cartello, forse, potrebbe venir buono per la porta del cesso».

Hi-Fi si concesse un ulteriore attimo di riflessione. «Forse hai ragione» disse passandosi una mano sul mento. «Tienila stretta ancora per una ventina di secondi. Vado a prenderlo subito, così facciamo le cose in regola».

Sconsolato, chiusi gli occhi e cominciai a contare in silenzio.

6

«Spiegami che diavolo è questo Spopify!».

Stavo per rispondere, quando improvvisamente ebbi un déjà vu. In meno di un secondo la mia mente venne catapultata indietro di quasi vent'anni.

«E che diavolo sarebbe questo Napper?!».

«Napster idiota!».

«Ok Einstein, riformulo. Che diavolo sarebbe questo Napster?!».

«È una specie di software per scaricare musica gratuitamente».

«Sì certo, come no! E poi lo sai benissimo anche tu: di gratuito, a questo mondo, non esiste più nulla. A meno che non nasconda un bidone bello e buono».

Hi-Fi e Tata in quel di Cesenatico, tra le mura del vecchio VinylStuff a un passo dal grattacielo, con la rivoluzione della musica digitale in piena espansione.

Osservai il mio socio, poi strizzai gli occhi fino a renderli due fessure sottili come lame.

«Spotify, idiota!».

Lui, prima di ribattere, prese a fissarmi con attenzione, come se quell'idiota buttato là tanto per dire – anche se in realtà con un fine ben preciso – avesse risvegliato qualcosa di dormiente.

Vidi le sue pupille dilatarsi in una chiara presa di coscienza di ciò che avevo appena cercato di trasmettergli, il resto venne da sé: un attimo più tardi ci ritrovammo fianco a fianco sulla DeLorean, novelli Doc e Marty in viaggio attraverso il tempo.

Hi-Fi mi puntò un dito contro e sorrise. «Ok Einstein, riformulo. Che diavolo sarebbe questo Spotify?».

Rimanemmo in silenzio per qualche secondo, poi scoppiammo

a ridere come due scemi.

«È una specie... una specie di maledizione!» esclamò Hi-Fi cercando di riprendere fiato.

«Spotify è il nipote illegittimo di Napster» proclamai a gran voce, con le lacrime ancora agli occhi.

Il mio socio si mise una mano davanti alla bocca. «Ma non mi dire!».

«Proprio così. Un tempo furono i vinili: 78, 45 e 33 giri. Poi arrivarono i cd con i loro raggi laser alla *Guerre Stellari*. E poi...» mi concessi una pausa «poi arrivò l'Mp3!».

«Mp3?» scherzò Hi-Fi.

«M-p-3. Istruzioni per l'uso: prendete un brano di successo, mettetelo tra le ganasce di una morsa e cominciate a stringere; continuate fino a quando una buona parte del suo cuore non verrà espulso e ciò che resta è l'Mp3».

Hi-Fi continuava a ridere e ad annuire. «Buona questa!».

«E poi,» ripresi «dopo il vinile, il cd e il maledetto Mp3, arrivò sulla Terra la cosiddetta musica liquida».

Il mio socio smise di ridere all'istante. «Liquida? Che diavolo vuol dire "liquida"?».

«Musica senza corpo né anima».

Hi-Fi si grattò il mento, alzò gli occhi e tornò a fissarmi.

«Perché mi guardi così?».

«L'altra sera... con Lady Gaga».

Aggrottai la fronte. «L'altra sera con Lady Gaga cosa?».

Hi-Fi sospirò. «Dopo il casino giù agli Electric Lady Studios,» disse scuotendo la testa «con Phil che ha tentato di farla fuori e io che... insomma... mi sono immolato per la causa, abbiamo scambiato due chiacchiere. Io e lei, soli».

«Questo me l'hai già detto, e mi pare di aver capito che ci sia in ballo una cena».

«Così pare».

Hi-Fi si guardò intorno.

«E quindi?» lo incalzai.

«Parlando del più e del meno, principalmente di musica, a un certo punto lei ha tirato fuori questa storia di Spotify».

«E tu?».

«E io… ecco…».

«Hai fatto scena muta».

Hi-Fi abbassò lo sguardo. «Non proprio».

«Che vuol dire "non proprio"?».

«Che non ho fatto scena muta».

Alzai gli occhi al cielo. «Insomma, si può sapere che diavolo stai cercando di dirmi?».

«Ho fatto un po' di casino con i nomi».

«Quali nomi?».

Si passò una mano tra i capelli. «Hai presente quella cosa che abbiamo usato l'altra settimana per mangiare giapponese?».

Mi guardai intorno senza capire dove volesse andare a parare.

«Dai! Quella diavoleria sul cellulare».

Ebbi una specie di rivelazione. «Parli di Zushify?».

Hi-Fi si batté la mano sulla coscia, poi mi puntò un dito contro. «Proprio quella!».

Mi venne da ridere. «Cioè, fammi capire…».

«Hai già capito».

«No, aspetta…». Chiusi e riaprii gli occhi un paio di volte, cercando di visualizzare la scena. «Siete tu e Lady Gaga che ve la state raccontando. Parlate di musica, in intimità. Lei a un certo punto tira fuori la questione Spotify e tu, ignorante come una capra affetta da demenza senile, che fai?».

«Che faccio?».

«Cominci a parlare di Zushify, l'app per prenotare ristoranti giapponesi». Unii le mani a mo' di preghiera. «Ti prego: dimmi che non è vero».

Hi-Fi annuì. «È tutto vero».

Scossi la testa, come in preda a un tic nervoso. «Non ci posso credere… E lei?».

«A mia parziale discolpa va messo agli atti che, fino a qualche minuto prima del discorso Spotify, si era parlato di andare fuori a cena, quindi…».

«Certo, un po' come fare "uno più uno uguale a due"».

«Be', in un certo senso».

Qualcuno entrò in negozio. Ci girammo entrambi.

«Ho sentito dire che Bruce sarà qui da voi domani».

«Porca v...» sussurrò Hi-Fi.

Strizzai gli occhi per mettere bene a fuoco la tizia che ci stava osservando: di bassa statura, portava un cappello con visiera e un piumino imbottito, jeans e sneakers e solo un velo di trucco. Senza l'infrastruttura che di solito si portava addosso sembrava ancora più piccola, davvero minuscola. E se non fosse stato che parlavamo proprio di lei fino a un attimo prima, forse non l'avrei nemmeno riconosciuta.

«Ehi,» disse «sto dicendo a voi due».

Cercai di riprendermi. «Sì... ehm... pare proprio di sì. Il Presidente sarà nostro ospite».

Lady Gaga sorrise. «Ciao Hi-Fi».

Il mio socio alzò la mano e la fece volteggiare a mezz'aria, senza dire una parola.

Sembrava imbarazzato, forse addirittura emozionato.

Presi la palla al balzo. «Avanti socio, fai fare un tour del negozio alla signora».

Lui parve risvegliarsi. «Sì, insomma, ecco...».

«È un bel posticino» commentò Lady Gaga guardandosi intorno. «Sembrano dischi di qualità».

«Lo sono» confermai.

«E i miei ci sono?».

Gelo. Fissai Hi-Fi e lui fece lo stesso con me.

Porca di quella vacca.

«Vi ho preso in castagna, eh?».

Abbassai gli occhi e iniziai a studiare le mie vecchie Clarks. Era ora di cambiarle, facevano schifo.

«È che da noi...» borbottò il mio socio in piena arrampicata sugli specchi della Freedom Tower. «Qui in negozio facciamo un certo tipo di discorso, roba da cultori della musica. Qualità e non quantità».

Nell'istante in cui finì la sua disquisizione su ciò che il VinylStuff NYC faceva e soprattutto su cosa non faceva, Hi-Fi si rese conto di aver toppato e, allora, tentò di rimediare a suo modo: «Intendiamoci, non che la tua non sia roba buona... forse un po' troppo da classifica. Sì!» esclamò tutto soddisfatto. «Un po' troppo da classifica mi sembra la definizione giusta. Buona musica, ma...».

«Troppo commerciale» buttai là, continuando però a scrutare le vie di fuga del pavimento.

«Comunque buona» concluse il mio socio.

Seguì una specie di silenzio di circostanza, uno di quelli capaci di far saltare una storia d'amore sul nascere, così come di mandare all'aria un'amicizia di lunga data.

Poi sul viso di Lady Gaga apparve una specie di smorfia, al limite del sorriso. «La mia musica sarà anche buona, ma non quanto quella dei Beatles, degli Stones, dei Creedence, di Bowie, Dylan, eccetera». Si morsicò le labbra. «La verità è che sono pienamente d'accordo con voi!» esclamò guardandosi di nuovo intorno. «Milioni di copie vendute, concerti sold-out in giro per il mondo, Grammy Award e chi ne ha più ne metta: tutte stronzate! Quello che conta davvero è la magia, far girare sul piatto un vecchio disco registrato cinquant'anni fa e scoprire che è ancora attuale, anzi, addirittura avanti rispetto ai tempi. Voi siete questo: magia pura».

Parole sante.

Ero pronto a fare mea culpa. Avevo sempre considerato Lady Gaga robetta di serie B, una specie di fenomeno mediatico costruito con l'unico obiettivo di fare soldi. Ora però lei era lì davanti a me e con gli occhi lucidi riconosceva il giusto tributo a chi, prima di lei, aveva fatto grandi cose.

«Ogni volta che ascolto *Waterloo Sunset* dei Kinks,» disse «piango. Ve lo giuro: piango come una bambina».

«A me succede con *Working Class Hero*» sussurrò Hi-Fi.

«Davvero?» gli chiesi senza rendermene conto. Era la prima volta che sentivo quella storia.

Il socio mi fissò dritto negli occhi. «Quando Lennon canta quella canzone, mi sembra di sentire sulle spalle tutta la fatica che s'è fatta il mio babbo: quarant'anni passati in fabbrica ad avvitare bulloni e a respirare schifezze».

«Ma che cazzo dici?» protestai. «Tuo padre ha fatto il fornaio per tutta la vita!».

Lady Gaga sorrise, senza però darlo troppo a vedere.

«Ma tu ci sei mai stato nel retro di un forno?».

«Eh?».

Hi-Fi fece un gesto di stizza con la mano. «Là dietro, in trincea, ogni due per tre ci sono dei bulloni da stringere a quelle maledette macchine del pane, e l'aria satura di zucchero e farina ti penetra nelle ossa. Una condanna a morte in piena regola!».

Alzai lo sguardo al cielo. «Lasciamo perdere».

«Hi-Fi?». Miss Germanotta interruppe la nostra piccola diatriba.

«Eccomi».

«Quand'è che mi porti fuori a cena?».

Se un giorno mi avessero detto che avrei assistito a una scena del genere, credo che avrei dato del pazzo a chiunque: la regina indiscussa del pop all'interno del nostro piccolo negozio, e per di più intenta a elemosinare (si fa per dire) una cena al mio socio, quello dotato.

«Ma sei tu che mi devi portare fuori!» protestò lui. «Erano questi i patti».

Lady Gaga alzò le mani. «Hai ragione, i patti erano questi. Ma possiamo far finta che sei tu a dirigere le operazioni? È più romantico, non trovi?».

Osservai Hi-Fi: delle strane macchie color rosso rubino stavano affiorando sulle sue guance.

«Comunque ha ragione lei» commentai.

«Stai zitto tu!».

«Ok, come vuoi, anzi: se volete discutere di questa cosa in privato, vi consiglierei di rifugiarvi sul retro, prima che entri in negozio qualcuno normale e si scateni il finimondo».

«Saggio il tuo amico» notò Lady Gaga. «Mi fai strada, tesoro?».

Per un attimo pensai che stesse parlando con me, poi mi resi conto che aveva occhi solo per Hi-Fi.

Incredibile mi dissi. *Se questa la viene a sapere GG, come minimo scoppia la Terza Guerra Mondiale. Altro che il piccolo dittatore coreano a forma di Winnie the Pooh con la passione per le bombe!*

«Certo, seguimi. Da questa parte». Hi-Fi aprì la porticina che dava accesso al banco e tese la mano alla sua nuova amica. Lei gliela strinse e si fece guidare al di là del confine.

«Noi andiamo» mi sussurrò Hi-Fi.

«Attenzione al corridoio» dissi. «È un po' stretto».

«Non ti preoccupare, non vedi come sono piccolina?». La voce di Lady Gaga giunse da molto lontano, come se al di là di quella porta su cui erano esposte decine di foto che vedevano me e Hi-Fi alle prese con volti noti del mondo della musica e dello spettacolo, ora ci fosse un altro universo, parallelo ma non troppo.

Diedi un'occhiata all'orologio, erano le due del pomeriggio.

Tutto quello zucchero mi fece ripensare alla ragazza che mi aveva lasciato il messaggio sul disco. Sarebbe tornata? Oppure non ci saremmo rivisti mai più? Dovevo correre fuori a cercarla? Ok, ma dove?

Recuperai il portafoglio dalla tasca e tirai fuori il bigliettino. Rilessi le ultime righe.

...voglio che tu abbia un pezzetto del mio cuore sempre vicino a te.
A Piece of My Heart.
Ci vediamo.
Ciao
Jane

Jane. La mia Jane, perduta per sempre. Avrei voluto sbattere la testa contro il muro, ma non sarebbe servito a niente.

In quel momento entrò un gruppo di ragazzi, tutti sulla ventina. Qualche faccia nota mi rivolse un cenno di saluto e io ricambiai sorridendo nonostante avessi voglia di piangere. Li osservai prendere ognuno la propria strada: qualcuno si gettò tra le braccia dell'hard rock, qualcun altro invece scivolò con delicatezza tra le lenzuola del jazz; e poi un via vai frenetico in ogni direzione, marinai erranti ipnotizzati dal richiamo della musica che, come una sirena dai mille volti, richiamava all'ordine i propri adepti utilizzando frequenze differenti.

Improvvisamente ricordai una cosa che mi aveva confidato Jane, la confessione che l'aveva fatta sprofondare in una palude piena di vergogna: «L'ho scelto a caso. A occhi chiusi, seguendo le indicazioni di Jimi». Aveva detto così riferendosi al disco dei Cheap Thrills che aveva deciso di regalarmi.

«Seguendo le indicazioni di Jimi». «Potrebbe funzionare» sussurrai. Abbandonai il banco e mi diressi verso la zona Hendrix. Per lui, come per altri grandissimi della musica, al piano superiore avevamo allestito una specie di piccolo museo con dischi rari, foto dei concerti e, nel caso di Jimi, il video della storica performance di Woodstock in onda a ciclo continuo su una grande Tv a schermo curvo.

Mi mossi cercando di non dare troppo nell'occhio e salii le scale fino a raggiungere il loggione, il nostro secondo piano. *Se Jimi ha dato una mano a Jane, non vedo perché non dovrebbe darla anche a me*, mi dissi.

«Mi scusi?».

Maledizione! «Che c'è?!». Non fu una domanda quella che mi uscì dalla bocca quanto piuttosto un'imprecazione, e il ragazzino davanti a me se ne rese conto subito.

«Ecco... io...» biascicò.

«Scusami» lo interruppi. «Avevo la testa altrove e sono stato maleducato».

Era più alto di me (non che la cosa rappresentasse una conquista per il genere umano) e nero come il più nero tra i neri; una timida barba spuntava a piccoli ciuffi qua e là sulla sua faccia, una specie di work in progress su cui avrebbe dovuto lavorare ancora a lungo. Aveva anelli, catene e orecchini disseminati un po' ovunque, tanto che qualsiasi metal detector, persino uno di quelli fuori uso, non gli avrebbe lasciato scampo, anche solo per diffidenza.

«Tranquillo, bro» sussurrò alzando il pollice.

A prescindere dal fatto che le vie della genetica possono essere infinite al pari di quelle del Signore, non ci avrebbero scambiati per fratelli nemmeno in un giorno di eclissi totale. Tuttavia mi sentii lusingato da quel *brother* buttato là in segno di rispetto, al posto di un *daddy* che di certo non avrebbe fatto gridare allo scandalo.

«Dimmi pure, hai bisogno d'aiuto?».

«Marvin Gaye, *What's Going On*».

Stavo per indicargli la zona in cui avrebbe trovato il disco, ma non feci in tempo perché lui mi appoggiò una mano sul braccio e aggiunse: «Non mi giudicare male, bro».

Non capivo a cosa si riferisse, così gli concessi qualche secondo. Lui però non aggiunse altro.

«Cosa intendi con "giudicare male"?».

Il giovane fece una smorfia, come se avesse appena inghiottito un sasso. «Lo so che Gaye è un super classico, e so anche che gli altri bro si metterebbero a ridere» spiegò a denti stretti. «Ma tu sei uno cazzuto, uno che la musica, quella vera, la conosce sul serio.

Magari non come il tuo amico *Rain Man*…».

Mi venne da ridere.

«Non c'è niente da ridere, bro» mi rimproverò. «Quello là è un miracolo vivente, roba tipo Unesco e cazzate varie. Una specie da proteggere».

«Potrebbe essere un'idea» gli concessi. «Magari ci informiamo e vediamo cosa dicono».

«Pace, bro» fece il gesto di darmi il cinque.

I palmi delle nostre mani si incontrarono a mezz'aria.

Thud!

«Lui è fuori classifica» riprese il tipo. «Ma tu sei subito dietro».

«Grazie».

«Regolare, bro».

Ebbi la netta sensazione che fosse sul punto di aprirsi, che sarebbe bastata una piccola spinta per togliergli di dosso un peso. «Che c'è?» lo incalzai. «Avanti, spara. Qui siamo tra amici».

Lui sembrò rifletterci sopra, poi annuì. «È che sento il soul scorrermi nelle vene». Lo disse come se fosse motivo di vergogna.

«Guarda che è una gran cosa, la passione per il soul».

«Lo so, ma vallo a dire a loro» si girò verso il centro del negozio e indicò i suoi amici. Diedi una rapida occhiata alla comitiva. «Mi sembrano più orientati al rap e affini, non è così? Anche se qui da noi, lascia che te lo dica, a parte la vecchia guardia non troveranno granché».

Il ragazzo scosse la testa. «Non solo rap: c'è chi ascolta rock e roba pensante, e anche roba ancora più pesante tipo death, doom, thrash, ma nessuno a cui piaccia il soul».

«Be', in fondo siamo in un paese libero».

Mi fissò dritto negli occhi, con la mascella a penzoloni, come se avesse davanti un premio Nobel per la coglionaggine. «Non dirlo mai più, bro».

Quel ragazzo la sapeva lunga e, a dispetto dei suoi vent'anni, sembrava avere le idee piuttosto chiare su come gira il mondo.

«Ok, magari non in un paese del tutto libero» dovetti ammettere. «Ma se non alzi troppo la voce, riesci ancora a cavartela senza beccarti una pallottola».

Si limitò a fare spallucce. «Non è sempre vero, ma va bene così. Allora, dove lo trovo Marvin?».

«Dall'altra parte del loggione, proprio di fronte a noi».

Il ragazzo lanciò un'occhiata al punto che avevo indicato. «Ok, bro. Grazie per la dritta. Torna pure ai tuoi viaggi».

Sorrisi. «Ci proverò».

Questa volta mi offrì il pugno e io gli porsi il mio, poi lo vidi dirigersi a grandi falcate verso il reparto dedicato al soul.

«Una cosa...».

Il ragazzo si girò verso di me. «Dimmi, bro».

«Al momento alla cassa non c'è nessuno, il mio socio è occupato... in altre faccende». Tralasciai di specificare quali (l'immagine di Hi-Fi e Lady Gaga chiusi dentro al nostro ufficio, intenti a pomiciare come due teenager in calore, mi fece annebbiare la vista). «Se hai bisogno di qualcosa suona il campanello sul banco, ok?».

«*Got it*, bro».

Non era poi così difficile parlare con i giovani d'oggi. Ci salutammo di nuovo.

«Che (diavolo) sta succedendo?» sussurrai parafrasando il titolo dell'album di Marvin Gaye, ma nessuno si prese la briga di rispondere.

Allora tornai alla questione Jimi. Ripresi a camminare fino a quando non me lo ritrovai davanti, lui in persona, con la Stratocaster girata al contrario, la fascia rossa sui capelli e la maglia tutta frange. Era alle prese con una versione ipnotica di *Foxey Lady*. Sembravano una cosa sola, lui e la sua chitarra. Gemelli omozigoti.

Afferrai le cuffie e me le sistemai sulle orecchie. Le note taglienti dedicate alla *signora Foxey* mi furono subito addosso. Mi concessi un lungo sospiro e poi chiusi gli occhi.

Dopo non so quanto tempo li aprii e mi guardai intorno: il negozio, i ragazzi in giro tra gli scaffali, Hi-Fi di nuovo alla cassa. Non avevo combinato nulla, Jane rimaneva un mistero. Tuttavia Jimi, dal palco di Woodstock, si era preso il disturbo di darmi una dritta prima di mandarmi a quel paese e riprendere a suonare.

«Parla con Janis. Parla con Janis. Parla con Janis»: le sue parole continuavano a girarmi in testa come una specie di litania. In quell'attimo ebbi una specie di rivelazione. Se la cosa, per quanto surreale, aveva funzionato con Hendrix, perché non avrebbe dovuto anche con Janis Joplin? In fondo stavamo parlando di due mostri sacri della musica, e per di più entrambi membri del Club 27. Ma più di ogni altra cosa: avevo forse qualche alternativa? No. Decisamente no.

Scesi le scale.

«Tutto ok?» la voce di Hi-Fi mi sfiorò e io gli rivolsi un cenno di assenso.

E Lady Gaga? Dove l'hai nascosta? Lo pensai ma non dissi nulla. Probabilmente era uscita dal retro, senza dare troppo nell'occhio.

Cominciai a scorrere i dischi. *E, F, G, H, I...*

Stop! Artisti con la *J. Jackson, Jarreau, Joel, John...*
Eccola!

Janis. La ragazzaccia ribelle. Mi osservava con un sorriso beffardo stampato sulla faccia sotto un paio di grandi occhiali rotondi, anelli e braccialetti un po' ovunque.

Joplin in Concert, 1971. Sarei salito di nuovo sul palco. Guardai a destra, poi a sinistra e incrociai lo sguardo di Hi-Fi.

Mi stava osservando con attenzione.

Che diavolo stai combinando?

Chiusi gli occhi, poi un lungo sospiro. Contai mentalmente fino a cinque.

Non accadde nulla.

Tentai di nuovo. Riaprii gli occhi, accarezzai la faccia di Janis, poi li richiusi. Trattenni il respiro fino a quando non cominciai a star male. Niente. Nessuna Janis Joplin in concerto.

Cazzo! Jimi mi aveva fregato: pur di togliersi dalle palle quel tizio che aveva chissà come osato disturbare la sua storica performance a Woodstock, si era inventato una storia, scaricando tutta la faccenda sulle spalle di Janis.

Stavo per dare di matto, anche se non sono uno di quelli che perdono la pazienza tanto facilmente. È Hi-Fi quello che dà subito in escandescenze quando qualcosa non gira come vorrebbe. Io invece riesco sempre a impormi di stare calmo. Non questa volta però: volevo e dovevo ritrovare Jane, al diavolo il Presidente, l'Fbi e anche il negozio.

Mi girai verso l'uscita con gli occhi ancora chiusi, pronto a battere ogni vicolo di New York. Se fosse stato necessario avrei setacciato ogni centimetro della città e alla fine l'avrei trovata.

«Ciao».

Aprii gli occhi. Lei era lì, sulla porta: giubbotto di pelle, gonna sopra al ginocchio e anfibi, i capelli con la frangetta raccolti in una coda che fluttuava a mezz'aria. Sorrideva.

Non so perché, ma tornai a fissare il disco che tenevo tra le mani. *Joplin in Concert, 1971* era scomparso e al suo posto ora c'era *Pearl*. In copertina sempre la Joplin, questa volta seduta su un divano con una specie di pitone di piume rosa sulla testa e una gonna rossa a coprirle parzialmente i piedi; in una mano tempestata di anelli reggeva l'immancabile sigaretta, rigorosamente accesa. Sorrideva, Janis. E quel sorriso sembrava fosse indirizzato proprio a me.

Te la sei fatta sotto, eh? Credevi di averla persa per sempre, e invece zia Janis ha sistemato le cose ancora una volta.

Ma...

Nessun "ma", patacca! E adesso vedi di fare la cosa giusta, prima che la tua bella se ne vada di nuovo.

Grazie, sussurrai mentalmente, *e ringrazia anche quel pazzo di Jimi da parte mia.*

Janis mi fece l'occhiolino, poi si portò la sigaretta alla bocca e si concesse un tiro che parve non finire mai.

«Allora, non mi saluti nemmeno?».

Tornai su Jane. Mi parve ancora più bella di quanto non lo fosse fino a un attimo prima.

«Ciao» mormorai.

«Hai visto il mio biglietto?».

Inarcai le sopracciglia. «Sì, l'ho visto».

«E?».

Sorrisi. «E da quel momento è successo di tutto».

Jane mi venne incontro e si fermò a un passo da me. Il cuore prese a pompare a duecento battute al minuto. Boom, boom, bo-boom, boom, boom, bo-boom.

«Cosa vuol dire "è successo di tutto"?».

Ingranai la marcia e mollai la frizione. «Phil Spector si è presentato in negozio e ha coinvolto il mio socio Hi-Fi in un tentativo di attentato ai danni di Lady Gaga. Lui l'ha salvata e lei, per ricambiare la cortesia, gli ha proposto di uscire fuori a cena. Poi sono arrivati quelli dell'Fbi per mettere in sicurezza il negozio visto che domani Bruce Springsteen... cioè il Presidente, sarà in visita qui da noi». Feci una pausa. Jane non disse nulla e continuò a fissarmi come se fossi in preda al demonio. «Hanno sigillato gli scarichi, installato telecamere ovunque, per non parlare delle microspie. I due che dirigevano le operazioni sembravano i Blues Brothers, Jake ed Elwood, hai presente? Poi oggi si è presentata in negozio Lady Gaga con due occhioni da cerbiatta e lo zucchero che le colava dalla bocca. Ha passato almeno mezz'ora imboscata nel retro del negozio insieme al mio socio, credo che si piacciano. È una cosa incredibile».

Jane sorrise.

«Ma vuoi sapere cos'è davvero incredibile?» le chiesi.

Lei annuì impercettibilmente, come se un burattinaio avesse allentato di poco la presa sul filo che le sosteneva la testa.

«La cosa più incredibile è che pensavo di averti persa per sempre, che non ti avrei rivista mai più». Mi tremava la voce, non avevo mai provato una sensazione del genere. Decisi di andare fino in fondo prima di cadere a terra stroncato da un infarto. «Allora ho pensato a ciò che avevi detto, che Jimi ti aveva aiutato a trovare il disco giusto per me».

Jane sorrise di nuovo.

«Sono salito di sopra,» indicai il loggione «dove teniamo un piccolo corner dedicato ai numeri uno. Jimi era alle prese con la sua performance a Woodstock e io mi sono avvicinato e ho chiuso gli occhi, proprio come hai fatto tu. E poi mi sono ritrovato sul palco insieme a lui, gli ho chiesto di te e Jimi mi ha detto di parlare con Janis». Le mostrai il disco poi mi passai una mano tra i capelli. «Lo so che sembra una pazzia, ma è andata davvero così. Sono sceso di sotto e davanti a questo scaffale ho tentato di nuovo ma non è successo nulla... o almeno credevo perché poi sei comparsa tu».

Jane aveva seguito la mia sparata chilometrica senza muovere un muscolo. «Posso parlare adesso?».

Annuii.

«Primo: non so chi sia Phil Spector e non mi interessa saperlo. Secondo: Lady Gaga è dietro di noi, a fianco del tuo socio Wi-Fi, e...».

«Hi-Fi» la corressi.

«Scusa: Lady Gaga è dietro di noi, a fianco del tuo socio *Hi-Fi*, e ci sta fissando».

Evitai di girarmi, avevo la netta sensazione che ci fosse

dell'altro. «E?».

Jane annuì. «Terzo: mi stai dicendo che domani il Presidente degli Stati Uniti d'America sarà davvero qui? In questo negozio?». Alzò una mano per stroncare sul nascere ogni mia possibile reazione. «Non rispondere adesso, prima fammi finire».

«Ok...» sussurrai.

«E quarto e più importante aspetto: vuoi farmi credere che non hai visto il mio numero di telefono scritto sul retro del bigliettino?».

Numero di telefono? Retro del bigliettino?

«Ma... veramente» borbottai.

«Il-retro-del-bigliettino» ripeté Jane scandendo bene le parole.

Tirai fuori il portafoglio, mentre la solita vocina incominciava di nuovo a sussurrarmi qualcosa all'orecchio: *coglione, coglione, coglione, coglione, coglione, coglione, coglione, coglione, coglione...* Cercai di scacciarla, ma non ci riuscii. Recuperai il foglietto e lo girai.

Chiamami +1 - 516 924 7519

«Sono un coglione» proclamai senza mezzi termini e la vocina, evidentemente soddisfatta, smise di martellarmi il cervello.

«I coglioni van sempre in coppia!» esclamò Hi-Fi facendosi avanti. «Dunque eccomi qui. Due coglioni cento percento italiani. Anzi no: romagnoli» si guardò intorno. «Allora, si può sapere che sta succedendo?».

«Lei è Jane» dissi.

«La tizia del bigliettino d'amore?».

«Hi-Fi!» lo riprese Lady Gaga.

Li osservai senza dire nulla, sembravano davvero una coppia.

«Scusa tesoro» si giustificò Hi-Fi. «Mi è uscita senza volerlo».

«Piacere, io sono Joanne» si presentò la popstar.

Jane non fece una piega. «Jane, piacere di conoscerti».

«Ma ti rendi conto?» mi disse Hi-Fi puntandomi un dito contro.

«Cosa?».

«Ieri sera eravamo i due single più ambiti della Grande Mela e oggi... zac! In prigione». Il mio socio scosse la testa. «Rimpiango già il mio stato di uomo libero».

«Ma sentilo questo stronzo!» esclamò Lady Gaga rifilandogli uno scappellotto sulla nuca.

Jane si mise a ridere e io feci lo stesso.

«Sapessi quante ne abbiamo passate, io e Tata...».

Improvvisamente ebbi una specie di visione, un'epifania. Una vera e propria rivelazione divina. «Ma ti rendi conto anche tu?» esclamai a gran voce.

«Parli con me?» chiese Hi-Fi.

Annuii. «Sì, proprio con te».

Lui si fece serio. «E di cosa dovrei rendermi conto?».

Nonostante fosse uno scherzo, sapevo che con questa cosa l'avrei messo al tappeto. Alzai le mani e tracciai una pennellata fatta d'aria. «Lady Gaga» sussurrai evitando di attirare l'attenzione dei presenti.

Miss Germanotta aggrottò la fronte.

Hi-Fi invece si guardò nervosamente intorno. «Lady Gaga cosa?».

«Prova a togliere le vocali».

Il mio socio mi osservò con un'aria perplessa. «Che?».

«Prova a togliere le vocali dal suo nome» ribadii.

Hi-Fi sembrò riflettere sulla faccenda. «La Y come la devo considerare? Una vocale o una consonante?».

Ci guardammo tra di noi, perplessi.

«Per me è una vocale» azzardò Jane.

Nessuno ebbe da ridire.

«Ld GG» borbottò Hi-Fi.

Annuii. «Adesso considera solo il cognome».

Lady Gaga e Jane continuavano a fissarci, sembravano piuttosto sconsolate, come fossero al cospetto di due ospiti di un manicomio.

Nell'istante in cui Hi-Fi realizzò a cosa mi riferivo, sbiancò totalmente. Vidi la sua faccia passare dal rosa al bianco senza soluzione di continuità e, per un attimo, ebbi il timore che stesse per svenire.

«GG» sussurrò il mio socio.

«Già, proprio così: GG» confermai. «La maledizione che si ripete».

«Si può sapere di che diavolo state parlando?» intervenne la cantante.

Hi-Fi si rivolse alla sua nuova fidanzata con gli occhi lucidi, a un passo dalle lacrime. «Se ti chiedessi un gesto d'amore, lo faresti per me?».

Lei parve disorientata. «Certo, cosa dovrei fare?».

Il mio socio trasse un profondo sospiro, poi fissò negli occhi la donna che gli stava di fronte. «Lo so che ti sembrerà una richiesta senza senso, ma che ne diresti di cambiare nome d'arte in Lady Mama?».

A quel punto non riuscii più a trattenermi e cominciai a ridere come un pazzo. Un attimo più tardi Hi-Fi mi fu dietro come un'ombra.

«Sarà dura per noi due» disse Lady Gaga rivolgendosi a Jane. «Lo sai vero?».

Lei annuì, poi si unirono a noi. Ridemmo tutti e quattro di gusto, ignari di ciò che sarebbe accaduto nel giro di qualche ora.

«Lady Mama». Roba da non credere.

7

East Village, New York
6 novembre 2020, sera

Il mio sguardo vagava a destra e a sinistra come fossi in preda a una sorta di tic nervoso. Hi-Fi, invece, continuava a fissare il pavimento (unico elemento del negozio rimasto ancora invariato) e a scuotere la testa.

Bandierine a stelle e strisce un po' ovunque, una specie di palco con tanto di scaletta, microfono e leggio incorporato, e il poster del Boss in versione presidente appeso alla parete. E poi telecamere minacciose come mitragliatrici puntate dappertutto, una transenna al di là della quale avrebbero preso posto i giornalisti e infine un enorme tavolo, ancora spoglio, su cui i tizi del catering avevano minacciato di posizionare ogni ben di Dio.

«Abbiamo fatto una cazzata» sussurrò Hi-Fi.

Feci spallucce. «Quel che fatto è fatto. Abbiamo chiesto al Presidente di tenere il suo primo discorso ufficiale al VinylStuff NYC?». Lasciai la domanda (retorica) libera di fluttuare a mezz'aria.

«Appunto!» disse Hi-Fi alzando lo sguardo da terra per la prima volta da quando Jane e Lady Gaga – ora Joanne – se n'erano andate via insieme strizzandosi l'occhio e dandosi di gomito, come vecchie amiche pronte a saccheggiare i negozi più cool di Manhattan. «Si può sapere chi è che ha avuto questa brillante idea?».

Mi grattai il mento evitando di rispondere.

«Sono stato io?» azzardò il mio socio.

Annuii.

«Che patacca!».

Avevamo appeso un nuovo cartello fuori dal negozio: «Domani pomeriggio chiuso per questioni di sicurezza nazionale. Per maggiori informazioni, telefonare all'Fbi». Hi-Fi aveva deciso di buttarla sul ridere e, una volta tanto, non avevo sollevato obiezioni. L'ironia, se gestita in modo intelligente, poteva risultare mille volte più efficace di qualsiasi bugia.

«Fidati, ci faremo un bel po' di pubblicità» dissi. «Il Presidente degli Stati Uniti d'America live @ the VinylStuff NYC. Suona bene, no?».

«E chi la vuole, la pubblicità?».

Decisi di lasciar perdere, parlare con Hi-Fi di soldi era un po' come cercare di spiegare la relatività generale a un neonato. Ripensai al Professore e mi venne da ridere.

«Che c'è di così tanto divertente?».

Fissai Hi-Fi. «Niente, stavo pensando al Professore».

«Chi?».

«Il Professore, non te lo ricordi?».

Hi-Fi aggrottò le sopracciglia, poi capì. «Il tizio che credeva di essere Einstein?».

Annuii.

«Be', siamo passati dallo scienziato più famoso di tutti i tempi al nuovo Presidente degli Stati Uniti, lo standard mi sembra comunque piuttosto elevato».

Sorrisi. «Anche se in questo caso il Boss è davvero il nuovo Presidente».

«E che differenza vuoi che faccia?». Hi-Fi prese a guardarsi intorno come se il negozio non fosse più il nostro. «Tutta questa merda non mi sembra per niente reale; anzi, se ripenso a Plutarco, a Donbrighenti, persino al tuo Professore... sono molto più reali loro di questa specie di *Born in the Usa* parte seconda».

Non dissi nulla, Hi-Fi aveva ragione. Per quanto strampalati potessero essere i personaggi che girovagavano in negozio a quei tempi, avevano qualcosa di vero, di autentico, forse addirittura di poetico: Plutarco, una specie di hobbit che millantava di aver suonato con i Pink Floyd, Donbrighenti, il parroco che giurava di aver visto la luce proprio come il reverendo Cleophus James nei film dei Blues Brothers, e il Professore con la sua ossessione per la relatività.

«Ti manca Cesenatico?» azzardai, certo di andare a sbattere

contro una parete di cemento armato.

«Mi sono appena fidanzato con Lady Gaga e tu mi chiedi se mi manca Cesenatico?».

Mi venne da ridere. «Effettivamente...».

«Certo che mi manca» riprese Hi-Fi. «Come potrebbe essere altrimenti? Laggiù c'è ancora tutto il mio mondo, anche se era un mondo che non valeva granché».

«Il valore è un concetto soggettivo».

Il mio socio annuì. «Proprio così amico mio, a parte la stronzata dei soldi tutto il resto è soggettivo. Cesenatico e New York: così lontane, così vicine».

«Wim Wenders».

«Eh?».

«*Così lontano così vicino* è il titolo di un film di Wim Wenders».

«Pensavo fosse il titolo di una canzone degli U2».

«Guarda che *Stay (Faraway, So Close!)*, Bono & Co. l'hanno scritta per la colonna sonora del film».

«Ah davvero?».

Annuii. «Mi stupisce che uno come te...».

«Io ne so di musica, non di cinema».

Alzai le mani in segno di resa.

«E tu invece?» chiese Hi-Fi. «Dove hai intenzione di andare a morire?».

Lo fissai per qualche secondo senza dire nulla, cercando di leggere tra le righe di quella strana domanda davvero troppo esistenziale per uno come lui.

«Cosa intendi?».

Il socio sospirò. «Insomma, l'età delle prime pu...» si fermò appena in tempo. Tirò su con il naso, poi riprese. «Volevo dire, che non siamo più dei ragazzi».

«Ma se ti sei appena fidanzato!».

«Vaffanculo».

«Ok, ok... stavo scherzando».

«E poi adesso sei fidanzato anche tu».

Vero, e per me era un'esperienza nuova. Hi-Fi era stato sposato con GG, poi aveva avuto una lunga storia con una nota Dj locale, e dopo era tornato di nuovo con GG grazie a un ritorno di fiamma andato in pezzi da meno di due giorni. E ora c'era Joanne, cioè Lady Gaga.

Io invece avevo dormito solo tutta la vita e cenato in compagnia della Tv in centinaia di ristoranti cercando di assorbire dagli altri clienti – gente che in posti come quelli ci andava per festeggiare qualcosa, per ricordare eventi importanti e non per sfuggire al silenzio della solitudine – il piacere di avere una famiglia.

Jane e io non avevamo ancora dormito insieme ma era una questione di giorni. Sarebbe successo, forse addirittura quella sera stessa dopo la chiusura del negozio, e per me sarebbe stata la prima volta con qualcuno di cui ero follemente innamorato, nonostante avessimo scambiato solo qualche parola.

«Io voglio morire a casa mia,» disse Hi-Fi «e le mie ceneri saranno sparse nel glorioso mare azzurro merda della Riviera».

Sorrisi. «Perché no? In fondo è una pratica piuttosto diffusa».

«In Riviera?».

«Ma no!» esclamai. «Intendevo la pratica di spargere le proprie ceneri in mare, non necessariamente tra Rimini e Ravenna».

Hi-Fi annuì. «Ho capito. E tu?».

«Non saprei».

«Come "non saprei"? Non mi dire che non hai mai pensato a come uscire di scena».

«Veramente… no».

«Hai qualche dolore?».

«Che?».

«Ti ho chiesto se stai bene o se hai qualche dolorino».

«Ho sentito cosa mi hai chiesto».

«E allora? È tutto ok? La schiena, lo stomaco, i calcoli ai reni…». Hi-Fi si concesse una pausa, poi alzò un dito come se stesse per dispensare una delle sue famose pillole di saggezza. «E la prostata? Come va con la prostata? Pisci regolare? Bruciore durante la minzione? Problemi di erezione, sensazione di non completo svuotamento, probl…».

«Hi-Fi!».

Il mio socio fece una faccia contrariata «Era solo per sapere... a questa età la prostata può cominciare a fare i capricci».

«Lo so».

«In che senso, lo sai?».

«Nel senso che ho la prostata ingrossata».

«Ah davvero?».

«Sì».

«Ipb?».

Mi guardai intorno: in negozio c'erano solo un paio di clienti che, almeno al momento, sembravano impegnati in una *diggin' session* piuttosto impegnativa, di quelle capaci – dopo aver scorso centinaia di album servendosi solo di indice e medio – di cancellare le impronte digitali in maniera permanente.

«E che diavolo sarebbe la Ipb?» sussurrai.

«Iperplasia Prostatica Benigna, ignorante!» esclamò Hi-Fi e, nonostante l'impegno profuso nella ricerca del disco perfetto, due tizi si girarono verso di noi.

Sorrisi e alzai una mano, improvvisando un saluto di circostanza. Quel gesto parve soddisfare la loro curiosità, tanto che tornarono a rovistare tra gli scaffali.

«Vuoi parlare piano, per favore?».

«Ok, ok... non ti scaldare. Non ci posso fare niente se non conosci i termini medici».

«Non sono la mia passione».

«Nemmeno la mia, tuttavia abbiamo un'età...».

Alzai gli occhi al cielo. «Ho capito! Abbiamo un'età in cui i primi acciacchi si fanno sentire. Sei contento?».

«Proprio così socio» confermò Hi-Fi dandomi una pacca sulla spalla. «E la prostata è un classico, un vero e proprio cult. Come *Pulp Fiction* e *C'era una volta in America*».

«Sono stato dall'urologo» ammisi cercando di non pensare alla scena del film di Tarantino in cui il tizio di colore viene sodomizzato nello scantinato insieme a Bruce Willis.

«E?».

Oh Cristo! «E il simpaticone mi ha messo un dito su per il buco!».

«Ovvio».

«Che vuol dire "ovvio"?».

«E che ti aspettavi? Che ti desse una controllata alle tonsille?».

«Ascolta...».

«No, ascolta tu invece. Hai fatto gli esami del sangue?».

«Sì, li ho fatti».

«E il Psa?».

«Nella norma».

«Quindi vuol dire che siamo in presenza di Ipb».

«Se lo dici tu».

«E ti fa male?».

«Sì».

«Quanto? Poco o molto?».

Stavo per mandare Hi-Fi a quel paese una volta per tutte, quando la mia attenzione si concentrò su un tizio appena entrato in negozio. Era piccolo, davvero minuscolo, con pochi capelli sulla testa e un accenno di barba; uno di quelli a cui sarebbe stato difficile attribuire l'età perché quaranta o sessant'anni su di lui avrebbero fatto poca differenza. Indossava un eskimo verde, un paio di jeans e un vecchio paio di sneakers.

«Che ore sono?» chiesi al mio socio.

«Ma stavamo parlando della tua pr...».

«Ti ho chiesto che ore sono!».

Hi-Fi prese a fissarmi, questa volta senza proferire parola, poi diede un'occhiata all'orologio da polso. «Mancano cinque minuti alle otto».

Annuii. «È arrivato il tizio».

«Quale tizio?».

Gli rivolsi un cenno con la testa in direzione dell'ingresso.

Hi-Fi si girò, e quando lo vide si lasciò scappare un sospiro. «Cazzo, il tizio dello slam» disse scuotendo la testa. «Me l'ero completamente dimenticato».

Mi passai la lingua sulle labbra e in quel preciso istante, come a voler sottolineare l'imminente disgrazia che stava per abbattersi su di noi, la prostata esplose in una fiammata che mi fece rattrappire i gioielli. «Me l'ero dimenticato anch'io» sussurrai.

Plutarco sta precipitando nel vuoto, il mondo scorre intorno a lui in un susseguirsi frenetico di forme distorte e colori isterici.

Nonostante tutto, si sente tranquillo. In fondo è in missione per conto di Dio, un po' come Jake ed Elwood, e in casi come questi nulla può andare storto; non quando è l'Onnipotente a gestire le operazioni dalla cabina di regia.

Plutarco continua a perdere quota e lo fa fino a quando quello strano mondo in caduta libera non decide di fermarsi di colpo, i colori riacquistano l'identità perduta e le forme i propri contorni mentre lui – preso alla sprovvista – non può fare altro che guardarsi intorno.

«Non puoi continuare a raccontare la storia che hai suonato con noi a destra e a manca». Plutarco apre e chiude gli occhi un paio di volte. Non è possibile, o forse sì, in fondo si trova nell'aldilà: Richard e Syd sono seduti su due poltrone di pelle color rosso e stanno fumando una sigaretta.

Nonostante lo stupore iniziale (del tutto giustificato, per la verità), Plutarco non si lascia intimorire. «Ciao, Cocomerometri».

Richard sorride, Syd invece continua a fissarlo come se ce l'avesse proprio con lui.

«Non siamo dei Cocomerometri» risponde a muso duro.

«E poi» interviene Richard «che diavolo sarebbe un Cocomerometro?».

Plutarco alza le spalle. «E io che ne so? Però suona bene, Cocomerometro».

Syd getta in terra la sigaretta e si alza. È bello come un Dio, niente a che vedere con gli ultimi anni della sua esistenza. Quello davanti a Plutarco è un Syd Barrett con i capelli lunghi, il fisico asciutto e lo sguardo carico di fascino; l'uomo capace, con la sola presenza scenica sul palco, di oscurare tutti gli altri. «Tu non hai mai suonato con noi!» esclama.

Plutarco non si scompone. «Hai una sigaretta?».

Syd, incredulo, si rivolge a Richard. «Lo vedi? Questo ci sta prendendo per il culo». «Calma Syd, ecco prendi questa». Richard estrae dal pacchetto una sigaretta e la offre a Plutarco.

Lui si avvicina e se la mette in bocca. «Hai da accendere?».

Richard annuisce. «Certo, per chi mi hai preso?».

Una piccola fiammella si materializza all'estremità del suo dito indice ma Plutarco osserva lo strano fenomeno senza commentare, poi si abbassa (non di molto per la verità, vista la statura) fino a quando la punta della sigaretta non incontra la fiamma.

«Ah!» sussurra soddisfatto dopo la prima boccata di fumo. «Non avete idea di quanto tempo sia passato dall'ultima volta».

«Ascoltami bene» riprende Syd, di nuovo su di giri. «Siamo noi due, io e il mio amico Richard, quelli a non avere più tempo. In via del tutto eccezionale abbiamo chiesto al Gran Capo di poter parlare con te, nonostante lui abbia deciso di mandarti sulla Terra per sistemare un casino piuttosto urgente. Abbiamo un paio di minuti, non uno di più, per cercare di chiarire la questione una volta per tutte».

«Perché sei così incazzato?».

«Perché vai in giro a raccontare balle! Ecco perché».

«Ma se tu a Pompei non c'eri nemmeno».

Syd diventa tutto rosso, sembra pronto a esplodere.

«Adesso siediti Syd,» interviene Richard tirandosi su e appoggiando una mano sulla spalla del compagno «con lui ci parlo io».

Anche se controvoglia, Barrett obbedisce. Si accomoda sulla poltrona e si infila in bocca l'ennesima sigaretta.

«Il problema» riprende Richard «è che il concerto a Pompei è stato fatto a porte chiuse, non c'era pubblico. Eravamo noi quattro diretti e filmati da Adrian, punto e basta. Non c'eri tu, non c'era Syd e non c'era nemmeno il pubblico. David non si è mai sentito male e Roger non ti ha mai chiamato sul palco per suonare le nostre canzoni».

Plutarco si concede una nuova, lunga boccata di fumo. Sembra voler prendere tempo, indeciso sul da farsi. «Sei sicuro?» chiede a Richard.

Lui annuisce. «Sono più che sicuro».

«Allora devo essermi confuso» ammette Plutarco. «Forse erano gli Stones».

Syd scuote la testa, perplesso. Richard invece sorride. «Ecco, quella degli Stones potrebbe essere un'ipotesi verosimile. Keith si sente male e Mick, il buon Mick, piuttosto che mandare all'aria il concerto, decide di tentare il colpo gobbo coinvolgendo te, l'uomo della Provvidenza».

Plutarco si guarda intorno. I colori e le forme sono di nuovo in subbuglio, deve fare in fretta.

«Siamo d'accordo?» *gli chiede Richard allungando la mano.* «Niente più concerto sul palco con i Pink Floyd, ok?».

«Gli Stones...» *sussurra Plutarco.*

«Esatto: Plutarco e i Rolling Stones Live in...». *Richard rivolge un cenno a Syd, lui però sembra essere altrove, lontano, perso nella parte oscura della Luna.*

«Ehi Syd!».

Barrett sembra risvegliarsi da un sonno millenario «Che... che c'è?» *borbotta.*

«Dove lo facciamo suonare Plutarco, intendo con gli Stones?».

Syd aggrotta le sopracciglia. «Hyde Park, 1969, dopo la morte di Brian».

«Perfetto!» *esclama Richard.* «Che ne dici Plutarco, ti piace l'idea?».

Plutarco annuisce. «Sì, mi piace».

«Allora affare fatto. Tu hai suonato a Hyde Park nel '69 con gli Stones, dopo che Keith si è sentito male ed è stato costretto ad abbandonare il palco».

«Mi piace» *ripete Plutarco.*

«Inoltre, considerando il fatto che a quel concerto c'erano più di duecentocinquantamila persone,» *sussurra Syd* «la "sparata" del Mar Rosso davanti a Mosè, così come la racconti tu, acquista ancora maggior valore. Non trovi, Cocomerometro?».

Plutarco non ha il tempo di ribattere, di far capire a Syd che Cocomerometro è un termine protetto da copyright e che non è possibile utilizzarlo senza un suo esplicito consenso. Il mondo intorno a lui riprende a correre, anzi no, a precipitare.

Syd e Richard scompaiono all'istante mentre lui, felice di aver finalmente trovato una precisa collocazione nella storia della musica, si lascia andare, pronto a entrare in scena al momento giusto.

«Ve l'ho già detto, non me ne frega niente dei vostri dischi» ribadì l'ometto. «Ciò che voglio lo sapete, credo di essere stato abbastanza chiaro».

Hi-Fi e io ci scambiammo un'occhiata priva d'espressione.

«Non se ne parla nemmeno» rispose il mio socio.

Io annuii.

«Non avrete paura di perdere?». Quel tizio continuava a punzecchiare Hi-Fi come se non aspettasse altro da tutta la vita.

«Non è una questione di vincere o perdere» intervenni.

«Ah no?».

«No, bello» ribadì Hi-Fi. «Qui stiamo parlando del Presidente».

«Lo so bene» ribatté l'ometto passandosi una mano sulla testa, con cura, fiducioso di trovare ancora vita su quel pianeta comunque destinato all'estinzione. «Ed è proprio per questo motivo che vi faccio una richiesta del genere» proseguì. «In fondo, vincere uno slam contro Sua Maestà non è da tutti».

«Non è da essere umano» precisò il mio socio in tono solenne.

Decisi di tenere per me la considerazione che, come un fulmine a ciel sereno, mi passò per la testa nell'istante in cui Hi-Fi aveva pronunciato quelle parole. *Non sono per nulla convinto che quello lì sia davvero un essere umano,* ecco ciò che avrei voluto sussurrargli all'orecchio. Quell'omino non mi convinceva affatto, e avrei voluto aggiungere che avremmo fatto un favore all'umanità, oltre che a noi stessi, se lo avessimo buttato fuori dal negozio a calci in culo.

Come se mi avesse letto nel pensiero, il tipo sorrise e poi disse: «E chi ti dice che io sia un essere umano?».

Hi-Fi lo osservò per qualche secondo. «Ehi Tata?».

«Che c'è?».

«Posso parlarti un secondo in privato?».

Fissai il mio socio. *Non starai davvero pensando di...* «Solo un secondo» ribadì Hi-Fi. «In privato».

«Ok».

«Tu intanto fatti un giro» suggerì all'ometto.

Quello annuì senza troppa convinzione. «Certo, prendetevi pure tutto il tempo che vi occorre».

«Quando torno voglio vederti con un disco in mano e il portafoglio aperto come una *poveraccia⁵*».

Il tizio aggrottò le sopracciglia.

«Intendeva dire» precisai «che dopo tutte queste belle parole, e visto il tempo che ti abbiamo dedicato, non sarebbe male che tu contribuissi alla causa del negozio acquistando almeno un disco».

Il piccoletto si guardò intorno. «Vedrò che posso fare per voi» borbottò. «Vedrò-che-posso-fare-per-voi» scandì Hi-Fi accompagnando la litania con un gesto della mano. «Ma senti un po' questo!».

«Andiamo di là» tagliai corto.

Ci incamminammo lungo il corridoio, stando attenti ai gomiti, ed entrammo in magazzino. Come sempre c'erano dischi un po' dappertutto, la maggior parte con i soliti post-it colorati attaccati sopra. Nonostante il silenzio, l'aria sapeva di musica pronta a esplodere da un momento all'altro.

«Io dico di menarlo e poi di gettarlo nel primo cassonetto del Village che incontriamo per strada» propose Hi-Fi non appena ci richiudemmo la porta alle spalle.

«E poi?».

«E poi cosa?».

Scossi la testa. «E poi come la mettiamo se quello ci denuncia?».

Il mio socio si lasciò scappare una risata. «Forse non hai capito, quando dico menare, intendo menare di brutto, mandarlo al Creatore. Kaput! Mi segui?».

«Non dire cazzate».

«Quello non ce l'ha una famiglia. Ti dico che se lo mandiamo dall'Onnipotente non verrà nessuno a reclamarne il corpo».

«Adesso basta!» esclamai.

Quella strana situazione cominciava a infastidirmi.

L'indomani avremo avuto il Presidente in negozio, lui e il suo primo discorso ufficiale in Tv, e i servizi segreti erano stati chiari al riguardo: nessun cliente in negozio, solo noi due e una ristretta lista di ospiti per i quali avremmo garantito in prima persona, la lista VinylStuff.

Fissai Hi-Fi dritto negli occhi. «Te la senti oppure no di sfidare quello stronzo in uno slam?».

«Certo che me la sento».

«Pensi di riuscire a batterlo?».

Il mio socio annuì.

«Credi davvero di riuscire a batterlo?» gli chiesi di nuovo.

«Sì, lo faccio secco in cinque minuti».

«Bene, allora accettiamo la sfida».

Hi-Fi si morsicò il labbro. «Sei sicuro?».

Annuii.

«Sei davvero sicuro?».

«Sì, e se quella merdina secca dovesse vincere, assisterà insieme a noi al primo discorso del Boss».

«E come facciamo con i Blues Brothers?».

«Con chi?».

«I tizi dell'Fbi… o della Cia. Che poi non ho ancora capito bene che differenza ci sia tra le due agenzie».

Decisi di sorvolare sulla questione. «Comunichiamo ai Blues Brothers, come li chiami tu, che domani insieme a noi e alle ragazze ci sarà anche un collaboratore del negozio, una specie di amico intimo».

Hi-Fi sgranò gli occhi. «Quello lì, un amico intimo?».

«Chiamalo un po' come ti pare, ma qualcosa bisognerà pure dire a quelli della Cia».

«Quindi sono la Cia».

Mi guardai intorno. «Non lo so!».

«Dunque non lo sai nemmeno tu se i tizi in nero sono della Cia o dell'Fbi?».

«No, e non me ne frega niente!».

«Ok, ok… non ti scaldare».

Mi lasciai scappare un sospiro. «Ascolta, adesso torniamo di là e comunichiamo a quella specie di fenomeno da baraccone che accettiamo la sfida alle sue condizioni. Poi ci facciamo dare le sue generalità e le trasmettiamo alle autorità competenti».

«Autorità competenti...» ripeté Hi-Fi, dando l'impressione di voler assaporare fino in fondo quella definizione che mi era uscita di bocca così, senza pensarci troppo. «La differenza tra te e me, sta tutta qua» aggiunse.

Lo fissai. «E sarebbe?».

«E sarebbe che quando tu non sai una cosa, riesci sempre a trovare il modo di rimpiazzare il tuo dubbio con una bella frase a effetto. Io, al posto tuo, avrei detto così: "Poi ci facciamo dare le sue generalità e le comunichiamo a quei cazzoni dell'Fbi oppure a quelli della Cia. Che poi io non ho mai capito bene che differenza ci sia tra i due"».

«Questione di stile» borbottai.

«Proprio così, è una questione di stile. Tu sei sprecato come venditore di dischi».

Scossi la testa. «Ma vaffanculo, valà!».

«Tu-sei-sprecato-come-venditore-di-dischi» ribadì il mio socio scandendo bene ogni singola parola.

Decisi di stare al suo gioco. «Vaf-fan-cu-lo».

«Adesso-andiamo-di-là-a-parlare-con-quello-stronzo».

«Ok-capo-facciamo-come-vuoi-tu».

«Poi-prepariamo-lo-slam».

«Va-bene».

«Poi-vinco».

«Lo-spero».

«È-certo».

«Lo-spero».

Notte fonda. Serrande abbassate, luci soffuse. Il negozio era deserto.

Faceva caldo nonostante non fosse affatto caldo. Sopra le

nostre teste aleggiava una specie di silenzio assoluto.

Zero-Decibel. Quiete armonica.

La prostata continuava a farmi impazzire. La sentivo pulsare all'altezza del sedere come se fosse stata eletta al ruolo di cuore di riserva.

Osservai Hi-Fi e poi l'ometto. Erano uno di fianco all'altro come due compagni di scuola seduti ai rispettivi banchi, impegnati in una sorta di doppia interrogazione di fine anno. Ne sarebbe restato solo uno, per l'altro sarebbe scattata automatica la bocciatura.

Sembravano entrambi provati. Hi-Fi continuava ad asciugarsi la fronte con un fazzoletto, mentre il tizio che aveva osato sfidarlo in uno slam si concedeva lunghi sospiri.

Punteggio dieci a dieci. Non riuscivo a crederci, fino a ieri non sarei stato neanche capace di concepire l'idea che quell'ometto, tanto strano da non sembrare umano, sarebbe riuscito a sopravvivere a una sequenza di dieci domande di Hi-Fi. Eppure eccolo ancora lì, pronto per l'undicesimo affondo contro il mio socio.

Rock, blues, soul, funk, pop, folk, metal e chissà cos'altro, senza esclusione di colpi: nell'ultima mezz'ora avevo assistito a uno scambio serrato di colpi da k.o. a base di titoli improbabili, artisti dimenticati da Dio e svariati dettagli tecnici che, con ogni probabilità, sarebbero risultati sconosciuti persino agli autori dei brani scelti. Hi-Fi sembrava più sorpreso di me, era la prima volta che qualcuno gli teneva testa. Sfiorai il suo sguardo e lo vidi annuire impercettibilmente. *Tranquillo, mi sto solo divertendo* sembravano dire i suoi occhi. La cosa però non mi convinceva: quel piccoletto la sapeva lunga, più di quanto potesse sembrare all'apparenza.

«Andiamo con l'undicesima domanda».

Il tizio chiuse e riaprì gli occhi. Un ultimo sospiro. «Genere...» disse concedendosi una pausa a effetto «... jazz rap».

Hi-Fi tirò su con il naso e si guardò intorno, non sembrava per niente convinto. La verità è che durante uno slam non si possono muovere obiezioni né contestare la natura delle domande, a meno che le stesse non si rivelino palesemente mal poste.

Mi passai la lingua su labbra che sembravano potermi cadere da un momento all'altro, pronte ad andare in pezzi sul pavimento.

«Anno» proseguì l'ometto «1993».

Hand of the Torch mi dissi. Troppo facile per non dire banale, roba da principianti. Dove stava, quindi, la fregatura?

L'album *Hand of the Torch*, uscito nel 1993, aveva introdotto una sorta di nuovo genere musicale. La definizione jazz rap era in qualche modo corretta perché il disco si componeva di tredici brani interpretati da svariati rapper di prim'ordine. Inoltre, in maniera piuttosto subdola, le stesse tracce nascondevano al loro interno decine e decine di campionamenti tratti da altrettante hit del passato, principalmente successi della black music.

Nell'istante in cui finivo di formulare il mio pensiero felice – quello che a dispetto dello scarso livello di complessità della domanda mi faceva sentire una specie di guru della musica – percepii un brivido freddo percorrermi la schiena.

I fottuti campionamenti mi dissi. *Non è che questo pezzo di merda...*

Venni riportato alla realtà dalla voce del tizio che, con un ghigno diabolico scolpito sulla faccia, proseguiva dritto per la sua strada. «Traccia numero sette» proclamò a testa alta «*I Go to Work*».

Un attimo di silenzio.

Hi-Fi annuì. Io invece, che in qualche modo avevo già capito dove l'ometto sarebbe andato a parare, sarei voluto scattare in piedi e dichiarare la gara non valida; ma non ebbi il tempo di muovere un solo muscolo.

«Brani utilizzati come campionamenti, autori e anno di pubblicazione» vomitò fuori il viscido.

Cazzo! Quella non era una domanda. Era... era... Non sapevo nemmeno come definirla. Era roba alla Rain Man, un po' come giocare al casinò tenendo a mente quattro o cinque mazzi di carte. Impossibile. Avrei voluto protestare ma non potevo:

lo slam non ammetteva regole se non quelle pattuite prima dell'inizio della gara, e nessuno dei due – né l'ometto, né tantomeno Hi-Fi – avevano posto condizioni sulla questione campionamenti. Fu triste doverlo ammettere, ma quella specie di delirio partorito da una mente di certo malata, era in realtà una domanda lecita, e per di più molto difficile.

Osservai Hi-Fi. «Sei pronto?».

Lui annuì. «Non so se riesco a dire tutta quella roba in cinque secondi» borbottò.

Uno spiraglio, forse la sapeva davvero.

L'ometto si strinse nelle spalle. «Non c'è problema, amico».

«Non sono amico tuo» puntualizzò Hi-Fi.

«Ok, come vuoi». Una smorfia indecifrabile, poi un sorrisetto da testa di cazzo. «A ogni modo, prenditi pure tutto il tempo che ti serve. Per rispondere, intendo. E se la sai davvero, per me va bene comunque. I cinque secondi non mi interessano».

Il tizio si mise a fissarmi, in attesa di un mio cenno di assenso. Mi sentivo a disagio e annuii in maniera compulsiva. «Ok, allora puoi rispondere» dissi rivolgendomi a Hi-Fi.

Lui sospirò. «*I Go to Work*, quattro minuti e zero sei».

«Non ti ho chiesto quanto dura la canzone» lo interruppe l'ometto.

«Ehi!» intervenni. «Hai appena detto che può prendersi tutto il tempo che vuole. Quello che conta è che alla fine risponda alla tua domanda, giusto?».

Il viscido annuì. «Certo, l'importante è che risponda alla mia domanda».

Mi girai di nuovo verso il mio socio. «Continua pure, Hi-Fi».

Lui si produsse in un paio di boccacce e stretching ai muscoli facciali, poi riprese la disamina: «Dicevo: *I Go to Work*, quattro minuti e zero sei». Pausa. «La traccia contiene due campionamenti. Primo campionamento: *Straight No Chaser* di Thelonious Monk del 1952».

Tornai a fissare l'ometto e per un attimo mi sembrò preso alla sprovvista. I suoi occhi andavano rapidamente da destra a sinistra, e poi di nuovo a destra, senza mai fermarsi; come se stesse seguendo una partita di tennis tra due macchine lancia palle.

«Il secondo, invece,» riprese Hi-Fi «è *Sweet Cakes* di Jack McLean, del...».

Silenzio assordante, lo scorrere del tempo che si ferma di colpo: una scena da film horror.

«Del...» incalzò l'ometto fissando il mio socio con il solito sorriso da stronzo.

«Ssshhhh!» lo ammonii.

Hi-Fi si passò la mano sulla fronte. Non l'avevo mai visto in quello stato, nemmeno dopo un match all'ultimo sangue con GG.

«... *Sweet Cakes* di Jack McLean...» ripeté «... del 1959».

Mi precipitai su internet. Google. Scrissi *Hand of the Torch*. Samples List. Cliccai sul primo sito della lista: www.whosampled.com, anche se non l'avevo mai sentito prima d'ora.

La pagina riportava l'elenco delle tracce dell'album con a fianco i campioni utilizzati. Feci scorrere la rotellina del mouse verso il basso, cercando di non fare troppo caso al tizio che in quel momento (brutto segno) stava puntando un dito contro Hi-Fi.

Il mio socio invece non tradiva alcuna emozione, era un monolite di marmo rosa percorso da piccole venature rosso porpora.

Riportai lo sguardo sullo schermo. La lista delle tracce scorreva davanti ai miei occhi come i rulli di una slot machine: *Cantaloop (Flip Fantasia)*; *Tukka Yoot's Riddim*; *Eleven Long Years*; *The Darkside* ...

Maledizione! Ma dove diavolo si è cacciata?

Ormai in preda al panico, continuavo a far girare la rotellina del mouse verso il basso e sempre più veloce, sempre più... *Lazy Day*; *Different Rhythms Different People*...

Stop! Alzai la mano e la tenni a mezz'aria per qualche secondo, come se davanti a me ci fosse un bandito con tanto di fucile a canne mozze. Eccola lì. *I Go to Work*, traccia numero sette.

Cominciai a leggere avidamente ciò che si trovava scritto alla destra del titolo, con il cuore che mi martellava sotto il petto come uno di quei loop ipnotici degli Underworld.

«Allora?» mi chiese lo sfidante di Hi-Fi. «La risposta è corretta oppure no?».

Vaffanculo! pensai. «Sì, dammi un secondo» è ciò che sentii uscire dalla mia bocca.

I Go to Work
Straight No Chaser by Thelonious Monk (1952)
Sweet Cakes by Jackie McLean (1959)

Perfetto! Monk '52 e McLean '59, proprio come aveva appena risposto Hi-Fi. Vittoria!

Alzai lo sguardo. Ero tutto eccitato come un ragazzino dopo la prima scopata ufficiale. Una piccola parte di quell'euforia era dovuta allo stupore per l'immensa conoscenza musicale di Hi-Fi, mentre il restante novanta percento (forse addirittura novantacinque) derivava dalla consapevolezza di aver appena sparato un siluro su per il sedere di quel mostriciattolo impertinente.

Troppo perso in quello stato d'esaltazione, riuscivo persino a non far troppo caso alle fiamme che continuavano a bruciarmi il gioiello: la mia prostata, così come l'ometto che aveva osato sfidare Dio Hi-Fi, era appena stata battuta.

Avevamo vinto.

«È corretto, gran stronzone che non sei altro!» esclamai rivolgendomi al tizio senza badare troppo alla forma. E lo gridai ai quattro venti, quello «stronzone», come se fosse la parola più bella al mondo, l'unica capace di descriverlo a dovere.

Hi-Fi sorrise e poi sospirò. Era provato.

L'ometto invece sembrava piuttosto tranquillo. Sorrise anche lui ma il suo era un sorriso che non mi piaceva per niente.

«Sei sicuro?» mi disse.

«Certo che sono sicuro! Sta scritto qua».

Girai il monitor del computer a beneficio dei due. «Venite a dare un'occhiata».

Hi-Fi si avvicinò a piccoli passi, mentre l'altro rimase fermo al suo posto. Una lunga occhiata allo schermo, troppo lunga per i miei gusti, poi il mio socio alzò lo sguardo.

Un cenno con la testa, leggero, impercettibile. *No.*

Come no?! Avrei voluto ribattere.

Riportai il monitor verso di me e rilessi il tutto ad alta voce: «*I Go to Work: Straight No Chaser* by Thelonious Monk (1952), *Sweet Cakes* by Jackie McLean (1959)».

Alzai di nuovo lo sguardo. Hi-Fi nel frattempo era tornato al suo posto e l'ometto continuava a sorridere.

«È quello che ha detto Hi-Fi» sussurrai con un filo di voce.

«No, non è per niente quello che ha detto lui» ribatté il tizio.

Tornai sul mio socio.

«Ha ragione».

«Che vuol dire "ha ragione"?».

Hi-Fi sospirò. «*Sweet Cakes* by Jackie McLean 1959, e non *Sweet Cakes* by Jack McLean 1959».

Non ci stavo capendo nulla. «Ma che diavolo…».

«Ha ragione lui, Tata» mi interruppe Hi-Fi con un fare sconsolato che mi mise addosso una gran tristezza. «Io ho detto "Jack" e non Jackie».

«Jack? Jackie?! Ma di che cazzo stiamo parlando!» protestai battendo un pugno sul banco. «Ma ti rendi conto di che razza di domanda ti ha fatto?».

Hi-Fi e il suo sfidante mi osservarono senza proferire parola, come se l'unico pazzo all'interno del negozio fossi io. Decisi di portare avanti la mia arringa: «Jack, Jackie… che differenza vuoi che faccia? Hai centrato due campionamenti impossibili, non li conosce nemmeno il produttore dell'album!».

«Questo lo dici tu» mi fece l'ometto.

«Ma…».

Ancora una volta fu Hi-Fi a interrompermi: «Tata, lascia perdere, ho sbagliato. Sarà anche un piccolo particolare, una svista, chiamala come ti pare, ma la risposta non è corretta. E poi non è ancora detta l'ultima parola, ora è il mio turno. Se *Mr Sample* qui a fianco sbaglia, siamo di nuovo in parità».

«Ma...» ripetei ancora una volta.

«Nessun "ma", andiamo avanti».

Non potevo crederci. Era successo: Hi-Fi, anche se a causa di una questione non legata alla sostanza, aveva sbagliato una risposta. Non solo: aveva sbagliato la risposta durante uno slam. Se avessimo perso, oltre allo sputtanamento totale, quel maledetto elfo di merda avrebbe assistito insieme a noi al primo discorso del neoeletto Presidente degli Stati Uniti, così come avevamo stabilito.

Cercai di ritrovare la calma in mezzo a un oceano pieno di onde alte venti metri. La mia mente scappava via, lontano, e invocava Plutarco, l'uomo che avrebbe pagato oro per godersi in prima fila quel maledetto film di fantascienza: l'errore di Hi-Fi, una sorta di cometa di cui non si conosceva nemmeno l'esistenza. *Dove sei finito Pluta?* mi chiedevo.

«Andiamo con la domanda?» chiese il tizio.

Mi guardai intorno sperando di aver sognato tutto. Manco per idea: ero proprio lì, insieme a un pazzo e un altro matto che però era anche il mio migliore amico, e stavamo perdendo una battaglia che non avremmo mai pensato di poter perdere. Ero incazzato.

«Ok» concessi ma a muso duro. «Sei pronto Hi-Fi?».

Lui annuì. Era visibilmente scosso, molto più di me, anche se non lo dava a vedere. Aveva commesso il primo errore della sua vita; un giorno, quello, che non avrebbe mai dimenticato.

Gli rivolsi un cenno. «Allora vai con la tua undicesima domanda».

Nel momento in cui sentii pronunciare il genere, l'anno, la band e tutto il resto, capii che Hi-Fi ne aveva avuto abbastanza. Era stato ferito a morte e ribattere al fuoco nemico non contava più nulla per lui. Era un soldato che aveva deciso di morire sul campo di battaglia con onore, a testa alta, ma non possedeva più la forza necessaria per guardare avanti verso il futuro.

La guerra è finita.

War Is Over.

Lennon, dall'alto del suo essere al di sopra di tutto e tutti, approvò e ci salutò sorridendo.

INTERLUDIO #3

Il piccolo filosofo si lascia cadere la sigaretta dalla bocca. Un evento più unico che raro, mai accaduto prima. Il mozzicone gli finisce tra i piedi e poco dopo si esaurisce, morendo in silenzio.

Plutarco non sa che dire: il Cocomerometro amico suo, quello infallibile, è appena stato umiliato da un altro Cocomerometro, battuto in una gara ufficiale.

Impossibile, però è successo.

In quel preciso istante, mentre il vincitore dello slam abbandona il negozio tutto sorridente e i due Cocomerometri, Hi-Fi e Tata, si abbracciano e cominciano a piangere, Plutarco intuisce il motivo del suo ritorno forzato sulla Terra. C'è una missione da compiere: vendicare il Cocomerometro compagno di tante battaglie. Quel piccoletto avrà ciò che si merita. Plutarco si infila una mano in tasca alla ricerca di una sigaretta, poi ricorda che quella che aveva in bocca era l'ultima, anzi no, l'unica, regalo di Richard dei Floyd.

Si guarda intorno, poi abbassa gli occhi: il mozzicone è ancora lì, vicino ai suoi piedi, spento ma non del tutto. «È uno sporco lavoro» *borbotta chinandosi a raccogliere ciò che*
resta della sigaretta «ma qualcuno deve pur farlo».

Come on baby, light my fire... *si dice tra sé mentre, con un gesto ormai collaudato, azzanna il mozzicone bloccandolo tra i molari. Non accade nulla, nessun fuoco; solo un retrogusto di tabacco poco gratificante per la verità.*

Sconsolato, il piccolo filosofo scuote la testa. «Avrei dovuto chiedere a Richard un accendino» *mormora.*

Già, Richard e le sue dita magiche... È una specie di illuminazione, un fulmine a ciel sereno; un ricordo fresco fresco in grado di salvare la situazione.

«Se ce l'ha fatta lui, non vedo perché...». *Plutarco si porta una mano all'altezza della bocca, unisce pollice e indice, poi li fa scivolare uno sull'altro.*

La fiammella prende vita senza esitazione.

Il Pluta sorride. «Forte quel Richard dei Pink Floyd» sussurra, poi si concede una lunga boccata.

8

Avevo comunicato ai servizi segreti, Fbi o Cia a quel punto non aveva più molta importanza, che un membro dello staff, uno di cui ci fidavamo, sarebbe stato con noi al discorso del Presidente.

Il tizio che aveva messo al tappeto Hi-Fi si chiamava Archibald: Archibald Stone. «Parente di Sharon?» aveva buttato là il mio socio sapendo di non essere per niente
originale.

«Non che mi risulti» aveva risposto il già ribattezzato Archie, producendosi in una smorfia che lo aveva reso ancora più brutto di quanto in realtà fosse.

«Ci avrei giurato».

Lo scambio di battute tra Hi-Fi e il suo aguzzino era cominciato e finito così, senza troppi convenevoli.

«Prometto che non lo dirò a nessuno» mi aveva confidato Archie quando Hi-Fi si era dileguato.

«Cosa?».

«Mi riferisco allo slam. Non lo dirò a nessuno, non mi interessa che si sappia in giro». Nonostante quel tizio mi mettesse addosso uno strano malessere, sembrava non fosse interessato a sputtanare il mio socio. Aveva vinto la sua battaglia e per lui andava bene così. In compenso, avrebbe assistito al discorso del Presidente, alias Bruce Springsteen, da una posizione privilegiata.

«Come vuoi». Mi presi una pausa, poi decisi di vuotare il sacco. «Sappi che Hi-Fi non te lo dirà mai, ma è un gesto che apprezza, anzi, lo apprezziamo entrambi».

Gli avevo teso la mano e lui, tutto sorridente, me l'aveva stretta.

Fine della nostra conversazione.

«Se la cava bene, però…».

Hi-Fi mi fulminò con lo sguardo. Abbassai gli occhi, quasi stessi facendo un mea culpa. La verità era che quel piccoletto ne sapeva davvero di musica. L'avevo tenuto d'occhio per tutta la mattina e a domanda rispondeva senza alcuna esitazione. Non era quello che avremmo potuto definire un cultore del customer care, ma nemmeno Hi-Fi lo era, anzi.

«Facevo per dire» sussurrai continuando a osservare il pavimento.

«Allora fai in modo di non dire più niente» mi suggerì Hi-Fi. «Almeno non sull'argomento».

«Come vuoi».

Rimanemmo in silenzio per un po', a far finta di niente o forse a cercare uno spunto per riprendere la conversazione.

«E le ragazze?» mi chiese a un certo punto il socio.

«E le ragazze cosa?».

«A che ora arrivano?».

Jane mi aveva scritto poco prima, sarebbe passata per l'ora di pranzo; di Joanne, invece, non sapevo nulla.

«Ora di pranzo».

«Anche Joanne?».

«È la tua ragazza, non la mia. Sei tu che mi devi dire a che ora sarà qui».

«Allova è vevo che hai una nuova fidanzata!».

Alzammo lo sguardo contemporaneamente e poi ci scambiammo un'occhiata che sembrava voler dire: *dopo la questione Presidente e lo slam perso con Archie, ora ci mancava solo questa.*

GG ci stava fissando con l'espressione di una maestra che ha appena beccato due dei suoi studenti a fumare in bagno.

«Allova?» incalzò battendo il tacco dello stivale sul pavimento.

«Allora cosa?» rispose Hi-Fi.

«Hai o non hai una nuova fidanzata?».

«Sì che ce l'ho, una nuova fidanzata».

«E chi savebbe, sentiamo».

Il mio socio tornò a fissarmi. *Che faccio, glielo dico oppure no?*

«Cos'è, hai bisogno che te la suggevisca Tata, la visposta giusta?». GG pareva indubbiamente più arrabbiata del solito, il che era un problema non da poco visto che il suo livello medio di incazzatura era già comunque ampiamente al di sopra della media mondiale.

«Credo che Hi-Fi possa farlo da solo» borbottai.

«Ecco, bvavo» riprese GG puntando un dito contro il mio socio. «Allova sentiamo, sono tutta ovecchi».

I clienti cercavano di farsi gli affari propri, tuttavia la situazione stava riscuotendo un certo interesse; persino Archie sembrava più attento del solito.

«Si chiama Joanne» rispose Hi-Fi.

«Joanne» ripeté GG. «Non conosco nessuna Joanne».

«E che ti credevi» sentii dire a me stesso, pentendomi subito dopo.

Gli occhi della cattivona mi trafissero da parta a parte, poi la femme fatale abbozzò un sorriso falso come una banconota da settanta dollari. «Concludi puve» mi invitò. «Concludi puve il tuo vagionamento, cavo il mio Tata. Sono pvopvio cuviosa di sentive cos'hai da dive in mevito».

Tutte quelle erre uccise prima ancora di venire al mondo mi fecero venire voglia di vomitare. Deglutii a fatica, poi tirai su con il naso e la prostata cominciò a scalpitare.

«Cioè, insomma...» balbettai.

«Avanti!».

Ingranai la marcia e schiacciai a tavoletta il pedale del gas. «Che-ti-credevi-che-Hi-Fi-ti-avrebbe-rimpiazzata-con-la-tua-migliore-amica?» sputai fuori tutto d'un fiato.

GG non parve molto impressionata dal mio sfogo; annuì in maniera piuttosto distratta. «Ci doveva solo provave» sibilò.

All'interno del negozio calò un silenzio inquietante. Per un attimo pensai che proprio lì, davanti a noi, tra un attimo sarebbe rotolata l'immancabile balla di fieno tanto cara ai film western di Sergio Leone, accompagnata dalle note del buon Ennio a rendere la scena ancora più credibile. Poi Clint Eastwood avrebbe fatto fuoco, e allora ci sarebbe scappato il morto.

«Ascoltami» disse Hi-Fi in tono dimesso, cercando in qualche modo di abbassare i toni della discussione.

Purtroppo per lui però, non ebbe il tempo di aggiungere altro perché GG alzò le mani al cielo, pronta per il gran finale. «Auguvi e figli maschi al mio ex mavitino nonché ex fidanzatino del cazzo!» esclamò a gran voce imboccando la corsia centrale in direzione dell'uscita e capitalizzando l'attenzione del pubblico. Poi, giunta a un passo dalla porta a vetri, si fermò di colpo. «Joanne» disse passandosi una mano sul mento. «Davvevo un bel nome, complimenti. E ova che mi ci fai pensave, ti divò che quella J mi dice qualcosa...».

La prostata mi risalì fino in gola.

GG tornò a fissare Hi-Fi con uno sguardo alla Sherlock Holmes. Improvvisamente i suoi occhi si fecero più grandi, più consapevoli, più bastardi che mai. «Non ti savai mica fidanzato con Lady Gaga, vevo? Non si chiama fovse Joanne quella stvonzetta alta un metvo e un...?». Lasciò la frase a metà.

Io e il mio socio ci ritrovammo improvvisamente sul set del film *2001: Odissea nello Spazio* a recitare la parte del monolite (anche se il film ne prevedeva solo uno). Per un attimo mi parve addirittura di sentire in sottofondo le note di *Also sprach Zarathustra* di Strauss.

Immobili e senza respirare, cercammo di sorridere.

«Certo, come no» dissi dando una pacca sulla spalla a Hi-Fi «lui e Lady Gaga, t'immagini che coppia?».

GG sembrò pensarci su, poi proruppe in una fragorosa risata che fece tremare i vetri. «Ma cosa sono andata a pensave!» esclamò dandosi un buffetto sulla fronte. «Hi-Fi e Lady Gaga: puva fan-ta-scien-za!» scandì lentamente.

«Roba alla Asimov» mormorai cercando di non dare troppo nell'occhio.

«O alla Dick» aggiunse Hi-Fi.

«Per non parlare di Heinlein» rincarai la dose.

GG tornò seria all'improvviso, come se qualcuno avesse premuto un tasto capace di controllare il suo umore. Scosse la testa e prese a fissarci con un'espressione schifata. «Vi saluto pevdenti!» esclamò tutta soddisfatta. «E che la fovza della dispevazione sia sempve con voi, visto che è tutto ciò che vi vimane». Detto questo scomparve nel traffico del Village, dopo aver fatto opportunamente sbattere la porta.

Dopo aver goduto di qualche secondo di meritato silenzio, tornai a fissare il mio socio. «Poteva andare anche peggio» borbottai.

«Certo» rispose lui. «L'hai detto tu stesso: poteva essere la sua migliore amica». Non riuscii a trattenere una risata.

Archie, che nel frattempo ci si era avvicinato senza dare troppo nell'occhio, indicando la porta commentò: «Terribile, la signora».

«È la mia ex moglie».

L'ometto fissò Hi-Fi.

«Ah, davvero?»

«Davvero».

Il tizio sorrise. «Meglio imparare a memoria tutti i brani registrati fin dall'inizio dei tempi, piuttosto che svegliarsi ogni santa mattina nello stesso letto con una così».

Decisi di non aggiungere altro, Hi-Fi invece annuì. «Non avrei mai pensato di poter dire una cosa del genere,» sibilò parlando più che altro a se stesso «ma questa volta, caro il mio Archie, sono pienamente d'accordo con te».

«L'ho trovato in cantina, sepolto sotto a un metro di polvere. È roba buona?».

Hi-Fi e io ci scambiammo un'occhiata, poi il mio socio prese la parola. «Posso?».

Il tizio davanti a noi, settant'anni – forse qualcuno in più – con lunghi capelli bianchi e la faccia percorsa da un dedalo di rughe profonde almeno un paio di millimetri, gli porse il disco.

Hi-Fi se lo fece scivolare tra le dita con cura, poi prese a maneggiarlo come se avesse per le mani un chilogrammo di nitroglicerina pronta a esplodere. Io mi limitai a osservare quella sorta di passaggio di consegna senza fiatare, trattenendo il respiro e aspettando il verdetto.

Il mio socio si guardò intorno un paio di volte, come se ciò che si apprestava a fare non gli piacesse granché, poi procedette con l'ispezione. Prima la copertina – fronte e retro – poi, gli occhi ridotti a due fessure, il vinile. Si soffermò in particolare sulla matrice, come se quei caratteri potessero aprire il caveau di una banca.

«Allora?» sussurrai.

Lui alzò una mano. *Calma,* mi redarguì con lo sguardo. *Non facciamoci prendere dalla foga.*

In negozio, i clienti sembravano aver compreso la solennità del momento: erano tutti fermi ai loro posti ma, di tanto in tanto (sempre più di frequente, per la verità) lanciavano sguardi furtivi in direzione del banco.

«Allora, è roba buona oppure no?» incalzò il tizio passandosi una mano sulla fronte.

Hi-Fi fece un lungo sospiro poi mi fissò come se stesse per rivelare l'identità dell'assassino di Kennedy in diretta Tv. «È lui» sentenziò.

L'aria si fece improvvisamente più pesante.

«Non è…» biascicai «… non è possibile».

«Insomma!» sbottò il tizio. «Si può sapere che succede?».

Ora l'intero locale sembrava pendere dalle nostre labbra. Archie, in piedi sul loggione, alle prese con un cliente nella zona grunge, vedendo sbiancare di colpo le nostre facce prima liquidò il tizio senza troppi convenevoli e poi si precipitò giù per le scale saltellando come un grillo. «Aspettate!» esclamò agitando le braccia a destra e a sinistra.

Facemmo finta di niente.

«Allora?» ripeté il proprietario del disco.

«Avanti» dissi rivolgendomi al mio socio. «Diglielo».

Hi-Fi annuì, senza troppo entusiasmo però. «È un disco molto raro».

Il tizio sorrise. Lo osservai con attenzione e non mi sembrò troppo sorpreso del verdetto. Come se…

«Davvero? E quanto può valere un disco "molto raro"?».

Decisi di intervenire. «Ma non faceva parte della collezione privata di Mc…».

«Appunto» mi interruppe Hi-Fi puntando un dito contro il vecchietto. «Lei è proprio sicuro di averlo trovato in cantina? Intendo, la sua cantina?».

Il tizio aggrottò le sopracciglia. «Mi sta forse dando del bugiardo?».

«Che succede?» chiese Archie con il fiatone e la fronte imperlata di sudore, gli occhi che andavano da destra a sinistra come quelli di un serpente pronto a sferrare l'attacco letale.

«Niente che ti riguardi, torna lassù a fare il tuo lavoro» lo liquidò Hi-Fi.

«Ehi!» protestò lui. «Ti sei forse dimenticato che…».

«Ok, ok» lo interruppi alzando le mani in gesto di resa. «Va tutto bene, non ci siamo dimenticati un bel niente». Mi presi una piccola pausa, incerto sul da farsi, poi decisi di rischiare. «Che c'è? Vuoi dare un'occhiatina al disco?».

Archie annuì con la bava alla bocca, pareva un drogato davanti a una dose caduta dal cielo dopo giorni di astinenza.

Rivolsi un cenno a Hi-Fi. *Tappati il naso e fai divertire questo stronzetto, altrimenti finisce male. Soprattutto per il VinylStuff.*

Lui sospirò, si morse le labbra un paio di volte, poi consegnò a malincuore l'album nelle mani dell'ometto che era stato capace di batterlo in uno slam. Archie lo studiò molto attentamente, proprio come aveva fatto il mio socio, e io non potei fare a meno di notare quanto quei due fossero simili, nonostante non lo sembrassero affatto: due facce della stessa medaglia.

«Facciamo in fretta, per favore» disse il vecchietto cercando di ostentare tranquillità senza riuscirci.

«Certo» risposi abbozzando un mezzo sorriso.

Il nostro Archie invece si prese tutto il tempo che il tizio riuscì a concedergli prima di esplodere, quasi che all'interno di uno dei solchi di quel vinile si nascondesse il segreto della vita.

Già, roba da non credere: quel vecchio si era presentato nel nostro negozio con una copia, anzi no, con la copia – l'unica esistente – di *That'll Be the Day / In Spite of All the Danger* dei Quarrymen. L'originale.

Ma chi erano i Quarrymen? Erano i Beatles prima di diventare i Beatles, Lennon e McCartney prima di essere Lennon-McCartney, e quello era il 78 giri in acetato contenente i due brani che danno il nome all'album più raro e costoso della storia. *In Spite of All the Danger,* accreditata a McCartney-Harrison, venne registrata il 12 luglio del 1958 al Phillips Sound Recording Service di Liverpool. Insieme a *That'll Be the Day,* brano di Buddy Holly, rappresenta la prima registrazione di quelli che sarebbero poi diventati i *Fab Four.*

A quanto ne sapevo (fonte Hi-Fi), la copia originale del disco faceva parte della collezione privata di sir Paul McCartney che, in uno slancio di altruismo cosmico, ne aveva fatti stampare altri cinquanta esemplari da distribuire ad alcuni amici come regalo di Natale.

«Sono cinque minuti che quello lì sta facendo l'amore con il mio disco!» sbottò il vecchietto indicando Archie che, sentendosi chiamato in causa, parve tornare all'interno del proprio corpo dopo un viaggio interstellare ai confini dell'universo. «E se pensate che alla mia veneranda età, io vada ancora in giro a raccontare panzane,» proseguì il tizio «allora ridatemelo subito indietro. Sono certo che a New York, oltre a voi tre fenomeni, ci sarà qualcuno in grado di capire se questo pezzo di plastica vale qualcosa oppure no».

«Acetato!» esclamarono all'unisono Archie e Hi-Fi.

«Che?».

Affranto, il mio socio scosse la testa. «Il disco è fatto di acetato, non di plastica».

Archie si limitò a un cenno di assenso. Io mi astenni dall'esprimere giudizi.

«Non ha alcuna importanza di cosa sia o non sia fatto questo maledetto disco!» protestò l'uomo ormai in balia di se stesso. «Se voi non credete che sia mio, allora vuol dire che mi considerate un bugiardo. E se mi considerate un bugiardo, allora è il caso che io me ne vada subito».

«Nessuno le sta dando del bugiardo» intervenni cercando di sedare gli animi.

Il vecchietto annuì. «Be', da come vi state comportando, non si direbbe».

Detto questo ci passò in rassegna con lo sguardo, prima Archie poi Hi-Fi e infine il sottoscritto, come un generale pronto a punire l'insubordinazione di un gruppetto di soldati ribelli.

«Ve lo ripeto» riprese con un tono molto più calmo «l'ho trovato nella mia cantina, in mezzo alla polvere».

«Ok, abbiamo capito» si intromise Hi-Fi. «Lei ha trovato l'album più raro della storia, notoriamente di proprietà di Paul McCartney, nella sua bella cantina, e per di più sepolto sotto a un metro di polvere». Si prese una pausa per dare quanto più spessore possibile alla sua domanda finale. «Ha una vaga idea di quanto possa valere un pezzo del genere?».

Il vecchietto scosse la testa. «Non che non ce l'ho!» protestò con veemenza. «Sono venuto qui da voi proprio per questo. Per capire se è roba buona oppure no».

«È roba buona» disse Archie.

«Zitto, tu!» lo ammonì il mio socio.

Questa volta Archie incassò il colpo senza protestare.

«Se lo riprenda» disse Hi-Fi porgendogli il vinile come se fosse incandescente. «Lo tenga lei, io non lo voglio».

L'anziano osservò il mio socio e poi prese a fissarmi.

Feci segno di no con la testa.

«Quindi non vi interessa?».

«No».

«Sicuri?».

Diedi un'occhiata a Hi-Fi, lui annuì. «Sì, siamo sicuri» recitammo all'unisono.

«Ma...» intervenne Archie.

Hi-Fi lo fulminò con lo sguardo. L'ometto scosse la testa e poi alzò le mani. «Ok, come non detto. Siete voi i boss».

«Vorrà dire che andrò da qualcun altro» borbottò il vecchio riagguantando il disco.

Hi-Fi alzò la mano e indicò l'uscita, invitando il tizio a lasciare

ALESSANDRO CASALINI

il negozio. Fu in quel preciso istante, quando il dito del mio socio
puntò dritto verso la porta, che la vidi spalancarsi e oscillare
avanti e indietro come quella di un saloon.

Lui entrò con passo deciso, a testa alta, scortato da un paio di
poliziotti a guisa di protesi naturali del suo corpo. Era vestito
in maniera impeccabile, come sempre del resto: completo grigio,
camicia azzurra, stivaletti a punta; teneva sottobraccio un
cappotto scuro che, a ogni passo, ondeggiava in perfetta sintonia
con i capelli.

«Arrestate subito quel tizio!» esclamò sir Paul McCartney
indicandoci tutti.

Hi-Fi e io ci guardammo l'un l'altro con occhi grandi quanto
due arance. Archie invece si portò la mano sotto il mento onde
evitare di vederlo cadere in terra insieme alla mascella.

«Ma quello è Paul McCartney!» gridò uno dei clienti.

A quel punto scoppiò l'inferno. Il vecchietto gettò il disco sul
banco, poi cominciò a correre.

«Sono loro i ladri!» prese a sbraitare indicando me e Hi-Fi.

Mi venne da ridere.

Paul, dando prova di non avere alcun dubbio sull'identità del
colpevole, ordinò a gran voce agli sbirri di fermare il vecchio.
Questi non se lo fecero ripetere due volte e un attimo più tardi
gli furono addosso placcandolo, ironia della sorte, proprio dalle
parti del settore dedicato alla *british invasion*. L'anziano rovinò
in terra sbattendo la faccia sul pavimento e trascinando con sé
un discreto numero di dischi degli Small Faces e dei Kinks che,
come tessere di un puzzle senza tempo, finirono sparsi un po'
ovunque.

I clienti, insieme a Hi-Fi, Archie e me, si godettero la scena in
prima fila e applaudirono l'uscita trionfale del vecchietto che,
scortato dai poliziotti e nonostante l'evidenza dei fatti, continuò
a ribadire a gran voce la sua estraneità ai fatti e a inveire contro
i veri colpevoli: cioè noi, quelli del negozio che, almeno secondo
lui, lo avevano fregato.

Sfruttando al massimo l'occasione che ci veniva concessa,
ci facemmo una bella chiacchierata con sir Paul. Venne fuori

che l'ex baronetto, dopo aver segnalato a chi di dovere un problema all'impianto elettrico, si era ritrovato in casa (un appartamentino con vista su Central Park situato al 1045 della Fifth Avenue, dotato di cinque camere da letto e cinque bagni, valore di mercato quindici milioni e mezzo di dollari), un tizio che aveva sì riparato il guasto ma che aveva anche pensato bene di rubare, in un momento di disattenzione del Macca, il pezzo più pregiato della sua collezione: la prima registrazione dei Quarrymen.

Paul aveva subito denunciato l'accaduto e la polizia si era messa sulle tracce del ladro che, dando prova di non avere le idee molto chiare sul da farsi, si era proposto a svariati negozi di dischi cercando di piazzare la refurtiva al miglior offerente. I proprietari però, mangiando la foglia, lo avevano sistematicamente rimbalzato fuori segnalando la cosa agli sbirri, fino a quando la carambola Quarrymen era finita in buca al ViniylStuff NYC, tra le mani di Hi-Fi e Archie.

«Grazie ragazzi» ci disse Paul prima di abbandonare il negozio sotto gli occhi increduli dei clienti.

Io gli strinsi la mano ma Hi-Fi, come prevedibile, esagerò. «Ehi Paul, posso farti una domanda?».

Lui annuì. «Certo, dimmi pure».

Mi preparai al peggio. Quando Hi-Fi terminò di pronunciare ciò che ebbe il coraggio di chiedere a Paul McCartney in persona, cercai di diventare piccolo piccolo e di scomparire dalla faccia della Terra. Lui, il Macca, da gran signore qual è, non fece una piega. Si avvicinò al mio socio e gli sussurrò qualcosa all'orecchio. Un attimo più tardi il volto di Hi-Fi si illuminò come se gli avessero appena infilato una presa di corrente in bocca.

Seguimmo con lo sguardo Paul mentre abbandonava il negozio, poi spedimmo Archie di nuovo nel loggione.

«Hi-Fi...».

«Che c'è?».

«Che ti ha risposto?».

«Non te lo dico».

«Dai, non fare lo stronzo».

«Ho detto che non te lo dico».

Decisi di andarci giù pesante. «Se non me lo racconti subito, giuro che spiffero a tutti cos'è successo ieri con Archie».

Vidi il volto di Hi-Fi irrigidirsi, come se la presa di corrente di cui sopra avesse appena superato il voltaggio consentito.

«Lo faresti davvero?».

Non risposi.

Hi-Fi si passò una mano tra i capelli. «Ok».

«Ok cosa?».

«Ok, te lo dico».

«Sentiamo».

Si avvicinò fino a quando le sue labbra non mi sfiorarono l'orecchio, poi bisbigliò qualcosa.

Rimasi di sasso. «Non ci credo».

«Io sì».

Non aggiunsi altro ma mi precipitai verso la zona Beatles e, un attimo più tardi, stringevo in mano una copia di *Abbey Road*. Andai subito alla ricerca del particolare. Non trovai nulla, chiusi e riaprii gli occhi un paio di volte, mi concentrai e poi lo vidi.

Rimasi a bocca aperta. *Non è possibile* mi dissi. Alzai lo sguardo. «Hi-Fi...».

Lui era già lì, al mio fianco e mi stava fissando. Annuiva come un patacca. «Hai capito il paraculo?».

Non sapevo che dire. Cominciammo a ridere come pazzi, e io continuai a farlo fino a quando non dovetti correre in bagno. Poi ricordai la questione degli scarichi sigillati, maledissi il Boss e mi infilai nello stanzino degli orrori, certo di poter combinare qualcosa di importante anche in assenza di una via di fuga verso il mare. Quando finalmente fui libero di scaricare tutta la tensione di quella interminabile mattinata in una specie di tanica di plastica bianca, non potei fare a meno di ripensare a Paul e alla sua rivelazione.

«Altro che Pid[6]» borbottai. «Se John e George fossero ancora vivi, chissà che faccia farebbero». E poi finii ciò che mi ero messo in testa di fare, nonostante gli scarichi sigillati, Phil Spector, GG e

Lady Gaga. E soprattutto nonostante Archie.

Quando arrivai a un passo dal traguardo, stanco ma felice, pronto a concedermi le famigerate ultime due gocce di piacere, la prostata mi esplose tra le gambe come un petardo. Per prima cosa resi noto al mondo intero tutta la mia sofferenza, poi caddi in ginocchio e nel farlo urtai la tanica con un piede. Il mio sforzo urinario si sparse sul pavimento del bagno come un virus letale. Rimasi a soffrire in silenzio per non so quanto tempo, con le mani in mezzo alle gambe, gli occhi chiusi e il fiato corto; almeno fino a quando la voce di Hi-Fi al di là della porta, che mi parve provenire da un altro pianeta, mi riportò nel mondo dei vivi.

«Sono arrivati altri pinguini» disse senza troppo entusiasmo. «E questa volta credo che con loro ci sia anche il gran capo».

Perfetto, mandali pure qua da me, in mezzo alla piscia. Magari è la volta buona che capiscono davvero cosa significa sigillare gli scarichi di un cesso, avrei voluto rispondere. «Dammi... cinque minuti» biascicai cercando di risultare credibile.

«Ok, fenomeno. E prima di uscire ricordati di scaricare la tanica». Lo sentii allontanarsi fischiettando un motivetto di Lady Gaga. Da non credere.

La verità è che la maledetta tanica si era già scaricata da sola, aiutata in questi dalla mia altrettanto maledetta prostata ingrossata. Strana la vita del venditore di dischi.

«Davvero strana la vita del venditore di dischi» ribadii a me stesso. Poi, sconsolato, cercando di farmi coraggio rievocando Jane e il suo sorriso, mi tirai su e cominciai a pulire.

9

Un negozio di dischi è un luogo magico, una specie di zona franca dove rifugiarsi quando tutto sembra andare storto. Tradimenti, bocciature, licenziamenti, sconfitte sportive e chi più ne ha più ne metta: non importa quanto grave sia la situazione, un appassionato di dischi – in particolare di vecchi vinili – sa che potrà sempre contare su quattro mura amiche, una terra di confine tra reale e fantastico, un luogo dove tutto può accadere.

Continuavo a girovagare per il negozio e a guardarmi intorno come se vi avessi messo piede per la prima volta, come se il VinylStuff NYC, dopo quella specie di metamorfosi imposta dalle più alte cariche dello Stato, non fosse più carne della mia carne. Hi-Fi sembrava sulla mia stessa lunghezza d'onda, infatti camminavamo avanti e indietro scambiandoci occhiate furtive e cenni di assenso ma anche di dissenso. *Che diavolo stiamo facendo?* sembravano dire i nostri occhi. *Non dovremmo essere qui a vendere dischi?* Proprio così. Vendere dischi a chi i dischi li amava, a chi aveva bisogno di un parere o chiarire un dubbio, a chi cercava nella nostra bottega un rifugio dal caos che imperversava là fuori.

E allora che cos'è tutto questo via vai?

Perché il negozio è pieno di gente senza nemmeno l'ombra di un cliente?

Il dejà vu, ancora una volta, mi colpì in pieno stomaco: i preparativi per il (non) concerto di Lenny Kravitz a Cesenatico nel nostro piccolo negozio; orde di gente impegnata a collegare cavi, accordare strumenti, provare luci e, in mezzo a loro, come una bomba pronta a esplodere, Plutarco e la sua telecamera da un milione di euro.

Mi venne da ridere e smisi di passeggiare. Hi-Fi fece lo stesso e ci fissammo per qualche secondo: eravamo pronti, forse addirittura smaniosi, per rievocare ricordi felici, ne avevamo bisogno perché ci sentivamo a pezzi.

Purtroppo non riuscimmo a proferire parola.

«Ehi, voi due!».

Mi girai verso il banco. Uno dei pinguini ci stava puntando un dito contro.

«Dice a me?» azzardai.

«Dico a tutti e due» rispose in maniera brusca l'agente.

Tornai a fissare Hi-Fi. Stava sorridendo senza alcuna traccia di felicità addosso, triste al punto da rendere evidente una voglia irrefrenabile di fare a pugni con il mondo intero.

«Venite un po' qua» ordinò il pinguino. «Il capo vuole parlare con voi».

Mi concessi un'alzata di spalle, Hi-Fi arricciò il naso e ci dirigemmo verso il banco.

«Mia moglie va matta per Lady Gaga» affermò soddisfatto il direttore delle operazioni.

A differenza dei pinguini, il gran capo vestiva un abito di alta sartoria. Era alto, magro, con le spalle larghe e i capelli brizzolati tagliati corti; sfoggiava una rasatura impeccabile. Un bell'uomo, nel complesso.

«Ah davvero?» chiese Joanne.

Eravamo tutti presenti a eccezione di Archie: io, Hi-Fi, Jane e Joanne, stipati dentro la stanzetta sul retro del negozio insieme al direttore che ci aveva appena spiegato la dinamica di ciò che sarebbe accaduto nel giro di qualche ora, e cioè che il Presidente si sarebbe trattenuto in negozio trenta minuti per un breve discorso, poi le foto di rito e alla fine un rinfresco a base di caviale e champagne.

«A me il caviale fa cagare!» aveva esclamato Hi-Fi.

Il gran capo aveva sorriso. «Ci sarà anche dell'altro, non ti preoccupare».

Archie non l'aveva presa affatto bene, l'esclusione dalla riunione lo aveva mandato su tutte le furie.

«Anch'io faccio parte dello staff!» aveva protestato.

«Vedi qualcun altro dello staff qui intorno?».

Mi aveva fissato dritto negli occhi. «No».

«Appunto. Hai vinto lo slam e ciò ti dà il diritto di assistere alla sparata del Presidente, ma non sta scritto da nessuna parte che tu sei uno di noi. Ok?».

Il tizio aveva scosso la testa piuttosto contrariato, così mi ero avvicinato di un passo, quasi a sfiorargli la faccia. «Ripeto: ok?».

Silenzio, poi una specie di sorrisetto. «Ok, come vuoi. Resterò qui fuori a dare un'occhiata ai vostri dischi da due soldi mentre voi, là dentro, sarete impegnati a giocare a guardie e ladri con il pezzo grosso della Cia».

Avevo imprecato in silenzio, senza darlo troppo a vedere: in fondo quel tizio ci teneva per le palle.

Archie si era allontanato guardandosi a destra e a sinistra, saltellando come un grillo e scuotendo la testa come se i nostri vinili fossero davvero robetta da poco.

«Proprio così signorina, mia moglie va matta per Lady Gaga» ribadì il gran capo rivolgendosi a Joanne. «Anche se a me, mi permetta di dirlo, sembra la solita porcata costruita ad hoc per fare una montagna di soldi. Tra l'altro mi pare che sia anche piuttosto bruttina, la ragazza. Insomma, non so proprio cosa c'abbiano visto i capoccioni dell'industria discografica in quella tizia con il culo troppo basso e il...».

Si interruppe di colpo e prese a scrutare Joanne, la nostra Joanne. Lei sorrise.

«...mi scusi» disse il direttore.

Hi-Fi e io ci osservammo perplessi. *Finalmente se n'è accorto.*

«E il... cosa?» volle sapere Lady Gaga.

Il gran capo si guardò intorno, visibilmente imbarazzato.

«Ecco... ehm...» balbettò. «Mi rendo conto solo ora che anche lei non è altissima, e non vorrei che la mia espressione diciamo... un po' troppo colorita, l'avesse in qualche modo offesa».

Incredibile! Fissai di nuovo Hi-Fi, lui si fece un'alzata di spalle.

Il direttore della Cia o dell'Fbi (la questione stava cominciando a perdere d'importanza con il passare del tempo) non era stato messo al corrente del fatto che quella bionda con il cappello calato sulla fronte e gli occhiali da sole non era una Joanne qualunque, ma Stefani Joanne Angelina Germanotta, meglio nota come Lady Gaga. A rendere il tutto ancora più grottesco il fatto che ancora non si fosse accorto di avercela di fronte, Lady Gaga.

«Non c'è problema» lo tranquillizzò Joanne cercando di non ridere. «So bene di non essere un gigante, ma per fortuna ho altre qualità».

«Ne sono certo, signorina» recitò in tono solenne il gran capo.

«Guardi che la ragazza ha della stoffa» gli fece notare Hi-Fi.

Joanne si morse le labbra. Il direttore invece aggrottò le sopracciglia. «Intendi Lady Gaga?».

Il mio socio annuì.

«Davvero?».

Un nuovo cenno di assenso, questa volta con tanto di pollice alzato.

«Be', se lo dici tu, allora...».

Nonostante quel siparietto in stile *Candid Camera* valesse il prezzo del biglietto, mi ritrovai a fissare Jane, la mia ragazza anche se stentavo ancora a credere che lo fosse davvero. Eppure era così. Hi-Fi si era messo con Lady Gaga e io con Jane e tra qualche ora avrei parlato con Bruce Springsteen, neoeletto Presidente degli Stati Uniti. Fantascienza.

Ripensai a Cesenatico, a quando la vita era nient'altro che una scommessa persa in partenza, all'avvento di internet, ai maledetti Mp3, a tutto il casino in cui eravamo finiti, ad Hi-Fi in Tv, a Lenny Kravitz, Plutarco e GG. Davanti a un groviglio di sentieri tutti uguali, tutti giusti e sbagliati, noi ne avevamo preso uno a caso, a occhi chiusi e spinti da un coup de théâtre messo in scena dal più improbabile dei salvatori, e così avevamo sorvolato l'Atlantico in seconda classe, bevendo vino scadente e mangiando tramezzini stantii. Hi-Fi e Tata, uno di fianco all'altro come soldati pronti a combattere una guerra più grande di noi.

Il tempo, brutta bestia. Forse solo Hawking ci ha capito qualcosa, del tempo. Noi comuni mortali invece, continuiamo a farcelo scivolare addosso senza il coraggio di guardarlo negli occhi mentre lui scorre imperterrito, senza farsi troppe domande sul perché o sul per come, fino al triplice fischio finale.

In quel preciso istante ebbi una specie di visione: io e Jane insieme, vecchi e stanchi, seduti al banco di un pub nel giorno del nostro cinquantesimo anniversario di matrimonio; io con un terribile segreto da confessarle e lei ignara di tutto.

Rumore di bicchieri che celebrano ricordi ormai sbiaditi. Odore di vino, birra, e patatine
fritte. Poca luce.

Dopo cinquant'anni di matrimonio, almeno un milione di sacchi di immondizia gettati nei vari cassonetti e altrettanti rimproveri per non aver fatto o per aver fatto ma non nel modo corretto, siamo ancora qui; nel pub di un paesino di provincia, aspettando che un sabato pomeriggio qualunque si trasformi in oscurità.

Parlano di qualche mese, tre, forse addirittura sei; più probabilmente quattro. So che non dovrei prendermela troppo, in fondo ho campato abbastanza.

Lei non lo sa ancora, non ho il coraggio di dirglielo: come si reagisce alla notizia che il tizio con cui dormi da più di mezzo secolo tra qualche mese sarà solo un cuscino vuoto?

Non lo so.

Ho paura. Non solo per me, anche per lei.

Non siamo fatti per morire. Lo so che sembra infantile, ma vi posso garantire che le cose stanno esattamente così: anche a ottant'anni si fanno progetti, e uno di quelli più ricorrenti,
ironia della sorte, è proprio quello di non morire. Comico, no?
«Ci facciamo un altro giro?» mi fa.

La guardo. È bellissima con il vestito a pois e gli occhiali in tinta.

«Perché no!» esclamo. «In fondo...». Lascio la frase a metà e lei aggrotta le sopracciglia.

Forse ha capito, forse no, forse... chissà.

Faccio segno al barista di portarne altre due, lui annuisce.
Poi chiudo gli occhi e mi preparo al prossimo giro. Di birra, di vita.

«Tutto chiaro?».

Mi guardai intorno come se fossi appena caduto sulla Terra da un asteroide in corsa. Presi a fissare Jane e lei mi sorrise. Le immagini del pub, di noi due vecchi ma felici, anche se ancora per qualche mese, continuavano a sfilare davanti a miei occhi con una ricchezza di particolari a dir poco sconcertante. Cercai di scrollarmele via di dosso.

«Cosa?» borbottai.

«Il gran capo qui,» disse Hi-Fi indicando il pezzo grosso dell'Fbi «ci ha appena chiesto se è tutto chiaro».

«Certo che è tutto chiaro!» esclamai sperando che lo fosse davvero.

«Allora non vi rubo altro tempo» concluse il direttore. «Non appena i tizi del catering avranno terminato con l'allestimento, non ci resterà altro che attendere l'arrivo del Presidente».

Jane annuì e per un attimo la rividi seduta in quel pub a festeggiare le nostre nozze d'oro.

Mi venne da ridere, e anche un po' da piangere.

«Che c'è?» mi sussurrò.

Scossi la testa. *Ne parliamo dopo. Forse.*

Il gran capo si diresse verso la porta. «Allora io vado. Per qualsiasi cosa riferite ai ragazzi.

Ci vediamo stasera».

Hi-Fi alzò la mano.

«Che c'è?».

«Volevo chiederle una cosa». Il mio socio gli si avvicinò con l'aria di essere un novello Sherlock Holmes in procinto di risolvere il caso dell'anno.

«Certo, dimmi pure» concesse il pezzo grosso dell'Fbi.

Joanne mi rivolse un cenno. *Tu ne sai qualcosa?*

Feci segno di no con la testa.

«Avete controllato il piccoletto?» chiese Hi-Fi fermandosi di colpo.

«Chi?».

«Archibald Stone, il-nostro-nuovo-commesso-di-fiducia».

Il direttore si guardò intorno, come a voler trovare conforto in qualcuno o qualcosa che, evidentemente, non era tra noi. «Ma certo!» esclamò dopo una manciata di secondi di *imbarazzo federale*. «Cosa credi? Che chiunque passi da queste parti possa assistere al discorso del Presidente? Noi siamo l'Fbi, mica la polizia di quartiere!».

Tralasciai di far notare a quella specie di 007 con licenza di sparare cazzate che, a un paio di metri da lui, anche se leggermente in incognito, si trovava una delle pop star più popolari del pianeta e che proprio la sua infallibile macchina organizzativa sembrava non essersi resa conto della cosa, o comunque pareva aver dimenticato di farlo presente proprio a lui, il numero uno dell'agenzia.

«Quindi voi siete l'Fbi!» esclamò Hi-Fi puntandogli un dito contro.

«No, siamo una specie di Onlus che si occupa della salvaguardia della Terra» ribatté con sarcasmo il tizio.

«Pensavo foste la Cia» azzardò il mio socio. «Anzi, a dire la verità non ho mai capito bene la differenza tra le due agenzie. Non è che alla fine della storia Fbi e Cia sono la stessa cosa, e a noi contribuenti tocca pagarvi lo stipendio due volte?».

«Hi-Fi!». Lo fulminai con lo sguardo e dopo cercai di salvare il salvabile. «Mi... mi scusi direttore» biascicai. «Lui è fatto così. Lasci perdere, davvero».

Il gran capo continuò a fissare Hi-Fi per qualche secondo, poi si girò e abbandonò la stanza a grandi falcate, senza aggiungere altro.

I nostri sguardi tornarono immediatamente sul colpevole.

«Che ho fatto di male?» piagnucolò il mio socio.

«Lasciamo perdere» risposi.

Jane cominciò a ridere, Joanne invece si lasciò cadere tra le braccia del suo nuovo fidanzato. «Vieni qui tesorino bello, vieni da mammina che ti fa le coccole. Tu sei troppo avanti per questo mondo, la gente non ti capisce. La tua mente viaggia al doppio della velocità di quella dei comuni mortali».

Hi-Fi alzò lo sguardo e assunse un tono solenne. «Questa cosa l'ho sempre sospettata» proclamò. Poi prese a scrutarmi, quasi fosse schifato dalla mia presenza. «Un uomo solo al comando» aggiunse alzando un dito al cielo. «Proprio come Bartali».

«Guarda che era Coppi, somaro!» lo corressi.

«Coppi, Bartali» ribatté Hi-Fi gesticolando come un invasato. «È un po' come Fbi e Cia, impossibile dire dove cominci l'una e finisca l'altra. È un mistero, come quello di Fatima». Fece una pausa e poi, evidentemente non ancora soddisfatto, aggiunse: «E che il Signore sia con voi. Amen!».

Decisi di non commentare. Le ragazze scoppiarono a ridere.

10

East Village, New York
7 novembre 2020, sera

Il Presidente scese dall'auto ed entrò in negozio vestito proprio da presidente: abito nero, camicia bianca, cravatta blu, perfettamente sbarbato e pettinato come non era mai stato in vita sua.

Hi-Fi ci andò giù pesante fin da subito. «Ehi Bruce,» esclamò facendo storcere il naso a tutti i membri dello staff presidenziale «dove diavolo sono finiti i blue jeans e il giubbotto di pelle?».

Il Presidente rise di gusto, lo abbracciò e poi fece lo stesso con me. Il Boss era un nostro cliente fin dai primi tempi, aveva addirittura partecipato all'inaugurazione del negozio, invitato da Lenny. Lo stesso Lenny che, visto il discreto giro d'affari che eravamo stati in grado di mettere in piedi anno dopo anno, aveva deciso di defilarsi e lasciarci proseguire in autonomia, fiducioso che in qualche modo ce la saremmo cavata.

Bruce veniva spesso a farci visita tra un tour mondiale e il lancio di un nuovo album. Si aggirava in mezzo agli scaffali con un cappello calato sugli occhi, in incognito, passando ore e ore alla ricerca di un disco, quello che, a quanto sosteneva, lo avrebbe aiutato ad aprire la mente e a dare forma al suo nuovo progetto.

«Nessun album è una monade» amava ripetere. «Credetemi, realizzarne uno non è altro che dare la possibilità alla mia musica di compiere un ulteriore passo in avanti senza mai dimenticare da dove sono partito. È così che funziona, almeno per me: musica che mette al mondo nuova musica».

Aveva ragione da vendere il Boss. L'arte genera arte, in una sorta di passaggio di testimone: libri che scrivono libri, dischi che incidono dischi, quadri che dipingono quadri; un processo naturale, spontaneo. Vita che genera vita.

«Allora, piccoli mafiosi, come ve la passate?» sussurrò

il Presidente cercando di nascondere il labiale anche se l'infrastruttura mediatica era ancora dormiente.

«Non bene quanto te, ma ci accontentiamo» rispose Hi-Fi assestandogli un'energica pacca sulla spalla che, ancora una volta, fece serpeggiare un evidente malcontento tra gli addetti ai lavori.

«Non t'azzardare a dirlo di nuovo» protestò Bruce. «Rimpiango già di aver fatto quello che ho fatto».

«Ti riferisci a *Born to Run*?» lo prese per il culo Hi-Fi.

Il Boss scosse la testa, poi si rivolse a me. «Ehi Tata, quand'è che ti deciderai a farlo rinchiudere in una stanzetta imbottita e a gettare le chiavi nell'oceano?».

Sorrisi. «Be', adesso ti basta fare un fischio e ce lo ritroviamo a Guantánamo in un batter d'occhio».

Hi-Fi aggrottò le sopracciglia. «Lo puoi fare davvero?».

«Certo che lo può fare!» dissi. «È il Presidente».

«Cazzo, non ci avevo mica pensato».

«Non ti preoccupare Hi-Fi» lo tranquillizzò Bruce. «Ho intenzione di farla chiudere, quella maledetta prigione».

Il mio socio parve rilassarsi. «Questo ti fa onore vecchio mio, ma ce ne sono un bel po' di prigioni sparse per l'America, giusto?».

«Signor Presidente, mi scusi».

Ci girammo tutti e tre contemporaneamente. Archie, sorridente come una specie di Joker malriuscito, ci stava fissando. Aveva addosso l'eskimo chiuso con la cerniera fino al collo nonostante in negozio fosse piuttosto caldo. Non ci feci troppo caso, in fondo era un tipo strano, fuori dall'ordinario. Umano, ma non troppo.

«Ehm... signor Presidente,» borbottai cercando di trovare le parole adeguate «questo è uno dei nostri ragazzi dello staff, un grande conoscitore di musica». Feci una pausa e Hi-Fi alzò gli occhi al cielo scuotendo la testa. «Si chiama Archibald» ripresi. «Lavora qui con noi da poco, ma si è già distinto per professionalità e competenza».

Archie porse la mano al Boss e lui gliela strinse. «Piacere di conoscerti, Archibald».

«Oh, mi chiami pure Archie».

«Piacere di conoscerti, Archie» ripeté Il Presidente.

«Piacere mio» disse l'ometto.

«Be', il VinylStuff ha sempre annoverato tra le sue file fior fiore di esperti» commentò il Boss rivolgendo lo sguardo verso il mio socio. «Hi-Fi è un esempio lampante. Imbattibile quando si tratta di musica».

Fissai il Presidente, poi Hi-Fi e infine Archie. «Certo. Imbattibile mi sembra il termine più appropriato per descrivere Hi-Fi».

Archie annuì, poi aggiunse: «È un maestro per tutti noi, una specie di figura mitologica. Un esempio da seguire. Un...».

«Ok, Archie» lo interruppi. «Abbiamo capito».

Lui parve infastidito dal mio intervento e mi fissò con una strana espressione. *Questa me la paghi* sembravano dire i suoi occhi.

«Signor Presidente, è stato un onore» si congedò accennando una specie di inchino come se davanti avesse la regina d'Inghilterra, poi si dileguò.

«Strano quel tizio» sussurrò il Boss.

Hi-Fi e io non commentammo.

«Ah, quasi dimenticavo!» riprese Bruce rifilando l'ennesima pacca sulla spalla al mio socio. «Prima di cominciare mi piacerebbe darti una lezione. A porte chiuse, tu e io. Me l'hai promesso, ricordi?».

Hi-Fi annuì sospirando, per niente convinto.

«Che c'è? Non vorrai tirarti indietro dopo aver dato la tua parola d'onore al Presidente?».

«No Boss, è che... insomma, non vorrei che dopo averti stracciato per l'ennesima volta, tu decidessi davvero di sbattermi dietro le sbarre».

Springsteen sorrise.

«Tra l'altro,» mi intromisi con l'intento di rincarare la dose «finire in galera proprio adesso che il nostro ragazzo ha ritrovato l'amore, sarebbe un vero peccato».

Mi girai verso Joanne e Jane che se ne stavano sedute in disparte, in attesa della chiamata. «Ragazze?».

Jane alzò lo sguardo e mi regalò un sorriso che per poco non mi fece svenire. *Davvero strana questa cosa dell'innamoramento* mi dissi.

«Venite qui» le invitai.

Loro non se lo fecero ripetere due volte. Si alzarono e ci vennero incontro con fare principesco: Joanne con il suo metro e cinquanta portato avanti a testa alta, e Jane – la ragazza del mistero di cui mi ero follemente innamorato – subito dietro di lei. Sembravano due sorelle all'uscita da scuola dopo il primo giorno di lezione.

«Signore,» disse Hi-Fi «vi presento il neo eletto Presidente degli Stati Uniti d'America: Mr Bruce Springsteen!».

Jane, improvvisando uno scatto da centometrista, superò Joanne sulla linea di arrivo e si precipitò a stringere la mano del Boss. «È un onore conoscerla» affermò tutto d'un fiato. «Non so cosa combinerà come Presidente, ma come musicista le posso garantire che lei mi ha fatto sognare come nessun altro. Nonostante io non sia un'esperta, anzi, tutto il contrario per la verità, le confesso che le sue canzoni sono tra le poche che ascolto sempre con piacere. Lei riesce a dare voce al pensiero della gente comune».

Rimanemmo tutti sorpresi dalla loquacità con la quale la mia Jane si era appena rivolta al primo cittadino d'America, proprio lei che di solito era molto riservata e centellinava le parole seguendo un rigido protocollo, come se dovesse pagarci sopra le tasse a fine mese.

«Grazie, vedrò di fare del mio meglio» rispose Bruce.

«Noi invece ci conosciamo già» si intromise Joanne alzando di qualche centimetro la visiera del cappello.

L'espressione del Boss cambiò di colpo. «Ma che…».

«Piacere» lo interruppe Miss Germanotta. «Joanne Angelina, al suo servizio».

Bruce mi fissò dritto negli occhi. «Ti sei fidanzato con Lady Gaga?».

Feci segno di no con la testa, poi indicai il mio socio.

Il Boss si lasciò cadere la mascella a mezz'aria mentre fissava Hi-Fi. «Non mi dire che sei tu quello fidanzato con Lady Gaga perché non ci crederò mai».

Lui si limitò a stringersi nelle spalle. «È carina» cercò di giustificarsi. «E poi canta e suona da Dio. È perfetta per me».

Rimanemmo in silenzio per qualche secondo, poi scoppiammo tutti a ridere.

Non ci fu partita: Hi-Fi stracciò ancora una volta il Presidente nonostante una viscida domanda su Phil Spector che il Boss, con un sorrisetto da stronzo, diede in pasto al mio socio nel disperato tentativo di fargli perdere la concentrazione, ma Hi-Fi non si lasciò fregare, rispose senza battere ciglio e poi piazzò il colpo da k.o. sfoderando uno dei suoi quesiti impossibili a cui, a quanto mi parve d'intuire vedendolo muovere la testa su e giù, solo Archie avrebbe potuto rispondere.

Dopodiché si cominciò a fare sul serio. Prima vennero fatti entrare in negozio i tizi della stampa e delle televisioni, poi gli ospiti illustri. Al seguito di Bruce, seduti in prima fila, la moglie Patti e i figli Jessica, Evan e Sam. I pinguini erano dappertutto, sembravano moltiplicarsi a vista d'occhio. Con i loro abiti neri e bianchi alla Mib, stavano letteralmente fagocitando la varietà cromatica del negozio. Per noi – Hi-Fi, io, Jane, Joanne e Archie – era stato riservato una specie di piccolo palco d'onore rivestito di stelle e strisce dal quale avremmo goduto di un'ottima visuale.

Quando tutto fu sistemato a dovere, in negozio calò un silenzio surreale. A un certo punto uno degli agenti alzò un pugno chiuso dal quale fece emergere il dito indice. Un minuto alla diretta. Cenni di assenso.

Ero agitato. Non so perché, ma avevo la netta sensazione che qualcosa di terribile stesse per accadere. Era la prostata a sussurrarmelo, la sentivo pulsare come un tamburo sul rivestimento della sedia, una specie di pallina da tennis in moto perpetuo. Dovevo urinare ancora, nonostante fossi andato in bagno cinque minuti prima e non avessi bevuto nulla. Maledetta prostata, se avessi potuto me la sarei tirata fuori con un paio di pinze. Stavo male. Jane si accorse che qualcosa non andava, mi prese la mano e me la strinse, anche se era una specie di spugna intrisa di sudore.

Tutto bene? mimò con lo sguardo.

Annuii senza tuttavia risultare convincente. Me lo dissero i suoi occhi. Mi girai verso Hi-Fi. Sembrava tranquillo ma si guardava intorno mordicchiandosi le labbra, quasi a volersi sincerare di essere ancora al VinylStuff NYC, e non all'interno dello Studio Ovale. Chiusi gli occhi, mi concessi un lungo sospiro e poi andai alla ricerca di un luogo sicuro dal dolore.

Plutarco ascolta il Boss parlare dei problemi dell'America. Per la prima volta nella storia qualcuno sembra davvero voler mettere i puntini sulle i con nomi e cognomi, peccati e peccatori, e cifre con il simbolo del dollaro davanti.

«Chi l'avrebbe mai immaginato?» si dice Plutarco. «Il Boss, Presidente. Questi americani non si stancheranno mai di stupire il mondo, nel bene e nel male».

Bruce continua a macinare parole, fogli scritti di suo pugno, idee per rendere il mondo migliore: parla di Europa, clima e flussi migratori ma anche di Cina, libertà e bombe che non servono a nulla.

«Vacci piano amico mio» sussurra Plutarco. «Se continui così qualcuno finirà per farti la pelle».

È già successo, potrebbe accadere di nuovo in un giorno qualunque, a Dallas come a New York, a Los Angeles come a Houston; seduto sul seggiolino posteriore di un'auto mentre saluta la folla oppure a passeggio con il cane al guinzaglio alle prime luci dell'alba.

E una volta messo a segno il colpo da biliardo, con un'America orfana del proprio leader, spaventata a morte, pronta a qualsiasi compromesso pur di dimenticare in fretta una realtà troppo scomoda, entrerà in gioco un fantomatico Mr X capace di far calare la nebbia sull'intera vicenda. Non si vedrà nulla per settimane, forse addirittura per anni, e si imparerà a ignorare la storia facendo finta che gli spari, il sangue, le urla di dolore e il panico non siano stati altro che effetti speciali, una produzione da Oscar servita sulla tavola degli americani all'ora di pranzo nel giorno del Ringraziamento.

«Peccato» ripete Plutarco.

In quel preciso istante, quello in cui il Boss afferma di voler credere in un'America pronta ad abbassare la testa di fronte alle proprie malefatte, il piccolo Cocomerometro capace di battere l'altro Cocomerometro dall'alta fedeltà, si alza in piedi e si dirige verso il palco occupato dal Presidente.

Plutarco osserva la scena con attenzione, ha già intuito che qualcosa di brutto sta per accadere proprio davanti ai suoi occhi. Cosa che puntualmente si verifica quando l'ometto, giunto a un paio di metri dallo stage presidenziale, spalanca le braccia e mette in mostra ciò che ha sotto l'eskimo.

«Ci siamo» si dice Plutarco. «Ecco perché il Cocomerometro con la barba bianca mi ha ricacciato nella mischia».

Il tizio, quello coperto di fili e congegni elettrici, comincia a gridare come un pazzo. La gente si guarda intorno confusa e impaurita. Attimi di panico.

Hi-Fi e Tata, i suoi vecchi amici, sono appena finiti in un bel guaio, è il momento di scendere in campo. Plutarco si infila le mani in tasca pronto a intervenire, poi però tentenna.

Tra le sue dita, ora, c'è qualcosa che gli impedisce di muoversi.

Oh cazzo! La sente accarezzargli i polpastrelli, fargli il solletico, chiamarlo a gran voce. Gli occhi del piccolo filosofo si riducono a due lame. Plutarco tira fuori la mano dalla tasca dei pantaloni con un gesto calcolato, stando attento a non far danni.

Eccola lì. Bellissima, anche se mutilata. Davanti a lui c'è quella che in un'altra vita è stata una sigaretta, ora semidistrutta. C'è il filtro e poco altro, due o tre boccate al massimo. Plutarco la osserva come si osserva un figlio appena nato. Ha gli occhi lucidi, sente le labbra in preda agli spasmi.

«E tu che ci fai qui?» chiede a quella specie di mozzicone ancora vergine. La sigaretta non risponde ma, chissà come, comincia a bruciare, come se l'avesse sfiorata un accendino
invisibile.

Plutarco sa di non avere molto tempo, tuttavia una sigaretta è una sigaretta. E, per di più, questa sembra essere caduta dal cielo proprio come lui. Sprecarla sarebbe un affronto, una mancanza di rispetto nei confronti di Dio in persona.

Il piccolo filosofo si porta il filtro alla bocca e comincia ad aspirare. «Solo due tiri» sussurra in piena estasi. «Due tiri e poi sono da voi, promesso».

Nell'istante in cui riaprii gli occhi, abbandonando così il luogo sicuro fatto di musica e versi in rima in cui mi ero rifugiato negli ultimi minuti, capii che era già troppo tardi. Eravamo nella merda. Tutti quanti, Presidente compreso.

Come ormai mi accadeva sempre più spesso, a risvegliarmi fu il bruciore persistente localizzato sulla punta del mio gioiello. Mi guardai intorno con la falsa speranza di trovare la mia prostata in terra, agonizzante, grossa come una pallina da tennis e rossa come una mela, finalmente espulsa dal mio corpo.

Niente di tutto ciò.

Archie si trovava a fianco del Boss, il Presidente, e stava mostrando alla platea, nonché al mondo intero, un groviglio di fili e congegni elettrici che, così di primo acchito, catalogai come un ordigno esplosivo.

«Non osate muovere un solo muscolo, oppure faccio saltare tutto in aria!» gridò il piccoletto.

Non gli diedi retta e mi girai verso Hi-Fi. Lui tirò su con il naso e aggrottò la fronte. «Non poteva essere uno normale,» sussurrò «in fondo mi ha battuto, e non è umanamente possibile. Ergo...». Lasciò la frase a metà.

«Ergo cosa?» incalzai a denti stretti.

«Ergo, Archie è un alieno. Venuto sulla Terra per distruggere l'umanità».

Rimasi senza parole.

Archie l'extraterrestre ordinò a quelli della stampa di uscire e loro non si fecero pregare. Poi fece lo stesso con i pinguini e, anche se qui dovette insistere un po' di più, alla fine – grazie a tutta quella roba che si portava addosso e con la collaborazione del Presidente – riuscì nel suo intento. E via via anche tutti gli altri furono sbattuti fuori dal negozio.

L'ultimo di quella specie di processione forzata, un sottosegretario alla difesa evidentemente ancora troppo acerbo in materia di difesa, venne invitato a chiudere la porta e obbedì senza battere ciglio. Rimanemmo in cinque: Hi-Fi, io, Joanne e Jane, e il Boss. Tutti a osservare schifati la faccia soddisfatta di Archie.

IL PASSATO TORNA A ESSERE PRESENTE...

11

«Allora, ti senti pronto per la rivincita?» chiese Hi-Fi.

«Certo che mi sento pronto!» esclamò Archie guardandosi a destra e a sinistra come in preda a un tic nervoso. «Facciamo questo maledetto slam, adesso».

Non mi davo pace.

Com'era possibile che quell'essere insignificante fosse in realtà una specie di terrorista imbottito di esplosivo? E la pistola? Da dove era spuntata fuori la maledetta pistola che quello stronzo continuava a puntare contro il Boss? Ma soprattutto: a che cazzo serve un esercito di pinguini pagato dai contribuenti se un invasato qualunque può decidere di far saltare in aria il Presidente dopo avergli stretto la mano mezz'ora prima?

Queste le domande che continuavano a tormentarmi dopo che Archie, punto sul vivo dalla richiesta di Hi-Fi (non avrai mica paura?), aveva concesso al mio socio la possibilità di misurarsi di nuovo con lui in un lungo ed estenuante slam, lasciando temporaneamente da parte i milioni di dollari e l'elicottero che aveva preteso a gran voce fino a quel momento.

La verità è che non avevamo altre vie di uscita. Dovevamo sfruttare al meglio la situazione che si era venuta a creare, se non altro per prendere tempo.

Non voglio morire, mi dissi. *Non adesso.*

Dopo una vita vissuta da recluso in un negozio di dischi senza un'alternativa degna di questo nome, avevo finalmente al mio fianco una persona che sembrava voler credere in me come compagno: Jane che, con il suo post-it "a cuore aperto", si era fatta consigliare da Janis Joplin e Jimi Hendrix, non due tizi qualsiasi, su ciò che era meglio per lei.

Dovremmo invitarli al nostro matrimonio, mi dissi, *magari addirittura come testimoni. Per ringraziarli della dritta.* Continuavo a pensare al futuro, a fare progetti, a elaborare congetture sul mio domani insieme a Jane, nonostante la situazione in cui mi trovavo – in cui ci trovavamo tutti – lasciasse intendere che quello stesso futuro sarebbe potuto durare meno del tempo necessario per fumare una sigaretta.

Fu in quel preciso istante, quello in cui partorii quella strana metafora su quanto poco tempo avessimo ancora a disposizione prima di saltare tutti in aria, che un mozzicone di sigaretta mi cadde vicino al piede. Era stato fumato fino all'ultimo millimetro, forse addirittura anche oltre. Lo osservai per qualche secondo, incredulo. Poi alzai lo sguardo verso il soffitto e ciò che vidi mi lasciò senza parole.

Plutarco tira l'ultima boccata di fumo prima di lanciare via il mozzicone che, in caduta libera, precipita fino a schiantarsi sul pavimento del negozio, a un passo dal Cocomerometro meno dotato che, dopo averlo fissato attentamente, alza gli occhi al cielo.

A quel punto i loro sguardi si sfiorano. Plutarco vede la bocca di Tata aprirsi e rimanere bloccata a mezz'aria, come se qualcuno gli avesse infilato dentro un cric.

«Tranquillo Cocomerometro» sussurra Plutarco all'amico di vecchia data. «Ci penso io a sistemare le cose».

Poi si getta nel vuoto e torna a essere il Pluta, il Salvatore del VinylStuff.

Archie continuava a tenere sotto tiro il Presidente. Impugnava la pistola con la mano destra mentre con la sinistra si massaggiava all'altezza del torace, come se da quelle parti ci fosse qualcosa di molto prezioso da salvaguardare.

«Ehi Bruce!» disse.

Il Boss lo fissò. «Che c'è, mentecatto?».

Per un attimo sul viso di Archie si disegnò un'ombra, una specie di velo di pazzia che Joanne, quella più vicina a lui, riconobbe per ciò che era.

Miss Germanotta era sicura che il tizio stesse bluffando: la pistola era finta e il congegno elettronico non era una bomba ma un maledetto bluff, solo un'arma di plastica e una specie di radio a transistor che i sofisticati aggeggi dell'Fbi non avevano rilevato per il semplice motivo che non c'era nulla da rilevare.

«Ehi tu!» lo richiamò Joanne.

Archie si girò verso di lei, sembrava piuttosto seccato. «Che c'è principessa, non vedi che sto parlando con il Presidente?».

Lady Gaga non si scompose. Si tolse il cappello e diede libero sfogo alla sua chioma bionda che, come un mantello da supereroe, le ricadde sulle spalle con delicatezza. «Ora mi riconosci, sfigato?» gridò all'indirizzo di Archie.

Gli occhi dell'ometto raddoppiarono di dimensione in una frazione di secondo.

«Vuoi diventare famoso?» lo sfidò Joanne. «Allora sparami coglione! Consegnati alla storia come il nuovo Mark David Chapman».

Il VinylStuff sprofondò nel silenzio. Poi accaddero diverse cose, tutte in rapida successione.

Tata

Continuavo a fissare Plutarco, incredulo. Fluttuava a mezz'aria avvolto da una luce bianca, una specie di aurea mistica che non si addiceva per nulla al personaggio. Era vestito come al solito con un vecchio paio di jeans, una maglietta bianca ed era scalzo. Diceva cose che non capivo, in una lingua che non conoscevo. Stava puntando dritto verso Archie che, cosa davvero strana, ora teneva sotto tiro Joanne e non più il Boss. Sembrava in procinto di sparare. Allora lasciai la mano di Jane e mi gettai nella mischia.

Hi-Fi

Come Tata, anche Hi-Fi stava vedendo Plutarco scendere dal soffitto del negozio, svolazzando a mezz'aria come una piuma, una specie di disco volante luminoso che, lentamente, si dirigeva verso Archie. «Lo sapevo» sussurrò Hi-Fi. «Anche il Pluta è un alieno».

Archie

Archie si disse che tutta quella luce, lassù, dalle parti del soffitto, doveva per forza essere un'allucinazione, un frutto dello stress. Chiuse gli occhi fino a ridurli a una fessura e poi cercò di ritrovare la giusta concentrazione.

Aveva cambiato idea, anzi no: aveva solo deciso di sistemare la questione Gaga prima di riprendere in mano le redini del piano originale. Quella tizia, la bionda che continuava a inveire contro di lui, era senza ombra di dubbio Lady Gaga, ne era certo nonostante fosse anche la fidanzata di Hi-Fi, il che era davvero strano. A ogni modo, un vero amante della musica come lui, uno che rispettava i grandi della storia come Lennon, Bowie, Hendrix, eccetera non poteva in nessun modo ammettere che una minuscola popstar vestita in modo osceno potesse scalare le classifiche di mezzo mondo. Quella tizia era tutta una farsa, un sottoprodotto scadente del music business, solo una macchina macina soldi.

Il nuovo piano era semplice: le avrebbe sparato a sangue freddo e senza alcun rimpianto, liberando il mondo dal vizio di forma imbarazzante che era. Dopodiché, visto che non ci sarebbe stata più alcuna rivincita con Hi-Fi, avrebbe ripreso in mano la questione dei milioni e dell'elicottero e, se le cose non fossero andate come previsto, poco male; avrebbe fatto saltare tutto in aria, compreso se stesso: il maledetto negozio, i due fenomeni con la puzza sotto al naso e le loro belle fidanzate, e ovviamente anche il Boss, il Presidente degli Stati Uniti d'America. Tutto cancellato, come se non fossero mai esistiti; sarebbero diventati macerie, polvere del Village.

Archie riaprì gli occhi, poi puntò la pistola contro Lady Gaga e fece fuoco.

Joanne

Joanne si vide puntare addosso l'arma di Archie, ma la cosa non la turbò di più tanto. In fondo, quello era solo un giocattolo.

Mantenne la testa alta e gridò con tutta la voce che aveva in corpo: «Avanti pezzo di merda, spara a Lady Gaga e diventa famoso!».

Il colpo esplose senza farselo ripetere due volte, come se non aspettasse altro. *Oh cazzo!* si disse Joanne. *Allora la pistola era vera.*

Poi, una strana luce le fu addosso.

Plutarco

Quando si rese conto di ciò che stava accadendo, che quello strano Cocomerometro aveva appena sparato a Lady Gaga (non che Miss Germanotta l'avesse mai convinto granché, ma una cosa è non condividere una scelta artistica e un'altra è tentare di ammazzare la gente), Plutarco entrò in azione. Dal suo punto di vista ogni gesto di quei Cocomerometri là sotto risultava rallentato oltremisura, come in una sorta di moviola, ed ebbe quindi tutto il tempo di cambiare rotta. Virò bruscamente a destra, lasciandosi il Cocomerometro ribattezzato Tex Willer alle spalle, e puntò dritto verso la chioma bionda di Lady Gaga.

L'atterraggio fu dolce, senza sbavature, come se Plutarco non avesse fatto altro che volare per tutta la vita (il che, da un certo punto di vista, corrispondeva a verità). Nell'instante in cui appoggiò i piedi in terra, il piccolo filosofo ora promosso a pilota, rivolse lo sguardo dritto davanti a sé. Il proiettile si trovava a circa una trentina di centimetri dal suo naso. Alzò la mano destra e la tenne a mezz'aria fino a quando la pallottola rovente non gli finì tra indice e pollice, provocandogli solo un leggero formicolio; nessun dolore, nessuna bruciatura.

«Ciao Cocomerometro» disse rivolgendosi al suo vecchio amico.

Tata non rispose. Continuava a fissarlo, sembrava imbalsamato.

Plutarco divenne improvvisamente serio e si guardò intorno con circospezione: vide il Boss, Tex Willer, Hi-Fi, Tata e, poco più in là, una ragazza che non conosceva, forse la fidanzata di Tata; tutti quanti a bocca aperta. E poi, ovviamente, c'era Lady Gaga alle sue spalle, immobile come una statua e incapace di parlare. Pluta si girò verso di lei, la guardò dritto negli occhi e poi sorrise mettendo in mostra i suoi terribili denti storti giallo avorio.

«Ciao Cocomerometra» le sussurrò. «Hai per caso una sigaretta?».

Archie

Ma che diavolo sta succedendo? si chiese Archie.

Aveva sparato a Lady Gaga un colpo mortale che non avrebbe dovuto lasciarle scampo, se non fosse che un attimo prima dell'impatto un tizio era letteralmente caduto dal cielo, un piccoletto tutto spelacchiato che sembrava uscito dalla trilogia del *Signore degli anelli*. Archie stentava ancora a crederci: quella specie di Gollum si era messo in mezzo e, chissà come, era riuscito a fermare il proiettile afferrandolo con le dita.

«E tu chi cazzo saresti?» sbraitò Archie agitando la pistola a mezz'aria.

Il tipo non rispose. Si girò verso Lady Gaga e le chiese una sigaretta, chiamandola Cocco-qualcosa, tutto sorridente come se avesse appena vinto la lotteria nazionale.

Archie prese a guardarsi intorno, disorientato, in preda a una crisi d'identità. E il suo sguardo, anche se solo per un attimo, finì sulla foto appiccicata al muro al di là del banco. *Oh cazzo!* Tornò a fissare il tizio, poi di nuovo la foto, e dopo ancora una volta il tizio. Era la stessa persona, senza ombra di dubbio. Il Pluta. Quello che aveva salvato il VinylStuff quando era ancora in Italia e se la passava male, una storia che Hi-Fi e Tata non smettevano mai di raccontare, e che anche lui si era dovuto sorbire nonostante fosse con loro da meno di ventiquattro ore. Gli avevano detto che il Pluta era morto in circostanze poco chiare e ora, chissà come, si trovava davanti a lui, vivo e vegeto.

Una fitta di panico gli strinse il petto e il cuore prese a martellare più forte; la salivazione cessò di colpo e le gambe cominciarono a tremare. Poi, quello con la stessa faccia dell'altro appeso al muro parlò, chiamò anche lui Cocco-qualcosa e gli disse che lo spettacolo era finito, e che sarebbero tornati tutti quanti a casa sani e salvi.

Quell'abuso di potere lo fece tornare in sé: era il suo stramaledetto momento di gloria, quello che aveva sognato per tutta la vita e il piccolo pezzo di merda disceso dal cielo non aveva alcun diritto di mandarlo a rotoli, per nessun motivo al mondo.

Eh no, bello mio! esclamò Archie senza proferire parola. *Non è così che andranno a finire le cose, non oggi.* Poi si girò di nuovo verso il Presidente, deciso ad andare fino in fondo e pronto a passare alla storia non come il nuovo Mark David Chapman, quanto piuttosto come il nuovo Lee Harvey Oswald: avrebbe sparato al Presidente e poi si sarebbe fatto saltare in aria, al diavolo i milioni di dollari e l'elicottero. Un martire: ecco ciò che sarebbe diventato, avrebbe sacrificato una manciata di vite umane, compresa la sua, per liberare l'America dalla catastrofe che la stava per travolgere.

Bruce Springsteen. Il Boss Presidente. Roba da non credere! Che cosa ne sapeva il ragazzo venuto dal New Jersey di politica, economia, sanità e guerra? Niente, non sapeva niente. Bruce aveva passato tutta la vita a raccontare dal palco i presunti problemi della gente, cantava dal monte Olimpo dove viveva con gli altri dei della musica, lontano dalla puzza di merda e dalle bollette da pagare, immune al virus della mediocrità, mentre la gente comune come Archie, come la maggior parte degli esseri umani, non faceva altro che prendere calci nel culo, e per di più cercando di ostentare un sorriso di circostanza, senza mai lamentarsi e ricevendo fischi a ogni tentativo di alzare la voce. La sua vita era stata una non vita, una specie di B-movie da due soldi di cui, tra l'altro, non era stato altro che una comparsa in una manciata di secondi di fronte alla telecamera; irriconoscibile, anonimo e condannato a essere invisibile in mezzo a un marasma di gente.

«Ehi, mentecatto!».

La voce del Boss, il neoeletto Presidente degli Stati Uniti, colui al quale avrebbe sparato tra meno di un secondo, lo riportò con i piedi sulla Terra. Archie sgranò gli occhi, ma non ebbe tempo di dire o fare granché: *Thud!*, il corpo solido della Telecaster del Boss lo colpì all'altezza della tempia producendo un rumore sordo, come se un battitore della Mlb avesse appena messo a segno un fuori campo.

Prima di perdere i sensi, l'ometto ebbe uno scatto d'orgoglio. Si aggrappò con le unghie e con i denti ai suoi ultimi cinque secondi di celebrità, e riuscì in qualche modo a schiacciare il pulsante del telecomando fissato al torace. Poi si lasciò andare e cadde in terra come un birillo colpito da una palla da bowling. Quando la sua testa andò a sbattere contro il pavimento, facendo lo stesso rumore sordo emesso poco prima dalla Telecaster del Boss, sulla sua faccia prese vita un ghigno beffardo, un sorrisetto che nessuno poté vedere né odiare come avrebbe meritato.

Un attimo più tardi partì il conto alla rovescia.

12

East Village, New York
7 novembre 2020, notte

Il VinylStuff NYC non esisteva più.

Ciò che rimaneva del negozio, un ammasso inanimato di macerie e lamiere contorte, sembrava volersi consumare a fuoco lento, come se il protocollo richiedesse una sofferta agonia prima di esalare l'ultimo respiro. Il fumo e la puzza di bruciato avvelenavano l'aria, rendendo meno autentiche le lacrime dei presenti.

Hi-Fi e io eravamo in prima fila, mano nella mano con le nostre fidanzate che, come bambine private dei loro sogni più belli, non facevano altro che piangere. I pompieri stavano mettendo in sicurezza la zona adiacente al negozio. Intorno a noi c'era un via vai frenetico: lampeggianti blu ovunque, polizia, ambulanze, pinguini dappertutto. I servizi segreti, dopo lo scampato pericolo, avevano insistito per allontanare il Presidente dalla zona calda, lui però non aveva voluto sentire ragioni ed era rimasto con noi, per noi.

La stampa, per quanto possibile, era stata tenuta a distanza di sicurezza. Tuttavia le ombre dei reporter, armati di microfono e pronti per l'assalto alla diligenza, si intravedevano in piedi sopra ai furgoni, sulle terrazze delle case, e chissà dove altro ancora. Parlavano e gesticolavano come tossici in preda a una crisi di astinenza, alla ricerca dello scoop del giorno, forse addirittura dell'anno.

Il VinylStuff NYC era (stata) l'unica attività in forza nel palazzo, una costruzione su due piani che, grazie ai soldi di Lenny e alla faccia da culo di Plutarco, avevamo preso in affitto una vita fa quando, dopo aver toccato il fondo del baratro, tutto sembrava ancora possibile. Non c'era mai stato nessuno sopra le nostre teste, a parte il magazzino con migliaia e migliaia di dischi, i tasselli della nostra esistenza. È vero che nessun album, per quanto prezioso, vale una vita umana, tuttavia, per gente come noi nata e cresciuta tra i solchi di un vinile, era come se qualcuno avesse appena sterminato la nostra famiglia a sangue freddo, con il sorriso sulle labbra.

I soldi non c'entravano affatto. L'assicurazione ci avrebbe risarcito tutto fino all'ultimo centesimo, non avevo dubbi perché ogni anno pagavamo vagonate di dollari per coprire questo genere di disastri. La questione era un'altra: i nostri dischi, i pezzi rari, i bootleg, le edizioni limitate e anche quelli da due soldi; lì dentro, nel nostro negozio ora ridotto a un mucchio d'ossa rotte, c'era tutta la nostra vita e nessuna assicurazione al mondo avrebbe mai potuto ridarcela indietro.

Ero a pezzi, nemmeno la presenza di Jane riusciva a farmi sentire meglio.

«Mi dispiace ragazzi».

Ci girammo tutti e quattro contemporaneamente. Il Boss sembrava mortificato e probabilmente lo era davvero.

«E di che?» sussurrò Hi-Fi tornando a fissare le macerie. «Se non fosse stato per te Bruce, a quest'ora saremmo tutti morti».

Annuii. *Già*, pensai, *se non fosse stato per Bruce e la sua Tele...* Lasciai il pensiero a metà e mi rivolsi al Presidente. «E la chitarra?» gli chiesi. «Da dove è saltata fuori la tua vecchia Telecaster?».

Il Boss riuscì in qualche modo a sorridere. «Avevo intenzione di suonare qualcosa. Una sorpresa alla Springsteen per movimentare un po' la serata».

Salvati dalla Telecaster del Boss. Incredibile.

«Intendi in diretta?» sbottò Hi-Fi. «Ma sei fuori di testa?».

«E perché no?» ribatté Bruce. «L'ho già fatto almeno un milione di volte».

«Sì, ma non nei panni del Presidente» gli feci notare.

Lui aggrottò la fronte e poi alzò le mani, come se qualcuno gli avesse di nuovo puntato una pistola contro. «Il Boss rimane il Boss» sentenziò. «E il fatto che ora sia anche, e ribadisco anche, il Presidente, non cambia nulla». Mi appoggiò una mano sulla spalla, poi aggiunse: «Se ho voglia di suonare qualcosa alla chitarra, la suono, fosse anche all'interno della Stanza Ovale con tutti i potenti del mondo davanti».

Nel sentire quelle parole, e nonostante la tragicità del momento, gli occhi di Hi-Fi ripresero vita. Vidi chiaramente una scintilla attraversarli da parte a parte, come un fulmine a ciel sereno. *Oh no!* mi dissi. *Non ora, ti prego.*

Non ebbi il tempo di fermarlo. Il mio socio puntò un dito contro il Presidente e poi, con un'espressione solenne, elargì l'ennesima perla di saggezza: «Mi risulta che là dentro» esclamò a gran voce, «intendo all'interno della Stanza Ovale, vadano più forte gli strumenti a fiato di quelli a corda. Trombe, tromboni, corni, insomma strumenti a bocchino. Non so se mi spiego…».

Il Boss lo fissò per qualche secondo senza proferire parola. Si stava trattenendo, la cosa era evidente. Fallì miseramente un attimo più tardi, quando scoppiò a ridere fino a piegarsi in due. Noi lo seguimmo a ruota e ridemmo come scemi per almeno un minuto di fronte a una montagna di macerie fumanti che, stentavo ancora a crederlo, erano tutto ciò che restava del nostro amato negozio.

«Promettimi…» borbottò Hi-Fi cercando di riprendere fiato «… promettimi una cosa, Boss».

Lui ritrovò un minimo di contegno. «Certo, se posso volentieri».

Il mio socio sospirò, come se ciò che aveva da dire non gli piacesse granché: «Se quella cosa di Guantánamo non dovesse andare in porto,» sussurrò «insomma, se quello schifo dovesse rimanere aperto al pubblico per i prossimi mille anni, allora promettimi che ci sbatterai dentro, sempre che sia sopravvissuto, il pezzo di merda che ha ucciso il VinylStuff NYC e che, una volta dietro le sbarre, butterai via la chiave della sua cella».

Il Presidente sorrise. Io feci lo stesso.

«Sarà fatto» disse.

Archie meritava di finire nella prigione più merdosa degli Stati Uniti per il resto dei suoi giorni, in una stanzetta due metri per tre a cercare di dare un senso a ciò che aveva tentato di fare, un senso che non esisteva e non sarebbe esistito mai.

In quel preciso istante, a proposito di cose senza senso, ripensai a Plutarco. Nessuno aveva osato tirare fuori l'argomento; eppure l'avevamo visto tutti. Era sceso dal soffitto avvolto da una luce intensa come un angelo del Signore, e poi aveva neutralizzato il proiettile destinato a Joanne acchiappandolo con le dita senza alcun problema, come fosse una supposta.

Mi guardai intorno, quasi aspettandomi di trovare il Pluta seduto sul ramo di un albero o a cavallo di un lampione, con in mano la solita sigaretta tutta stropicciata e un sorriso da Cocomerometro stampato sulla faccia. Come era prevedibile, non vidi nessun Plutarco. Forse avevamo vissuto un'allucinazione collettiva causata da un eccesso di stress; la mente, se messa sotto pressione, può giocare brutti scherzi e noi, di pressione, nelle ultime ore ne avevamo subita parecchia.

Il Boss dovette leggermi nel pensiero. «Te lo chiederò una sola volta» mormorò sbirciando a destra e a sinistra con circospezione «e te lo chiederò non come Presidente degli Stati Uniti, ma come amico».

Annuii, intuendo subito dove volesse andare a parare.

«Chi era quel tizio che è sceso dal soffitto? Un abusivo che viveva nascosto in soffitta? E tutta quella luce che aveva intorno? Effetti speciali o cosa?».

Spostai il peso del corpo da destra a sinistra. Che diavolo avrei dovuto rispondere? Che era l'anima del nostro benefattore scesa di nuovo sulla Terra per salvarci una seconda volta?

Fu Hi-Fi a togliermi dagli impicci. «Era un alieno,» mormorò «uno di quelli venuti dallo spazio».

Il Presidente si girò verso di lui e lo fissò qualche secondo, cercando di capire se lo stesse prendendo per il culo.

«Dallo spazio» ribadì Hi-Fi alzando gli occhi al cielo.

«Che vuol dire che era un alieno venuto dallo spazio?» protestò il Boss. «Ti sei bevuto il cervello?».

Hi-Fi tirò su con il naso. «Vuol dire quello che ho detto, punto e basta. Chiedi ai pinguini, loro sanno di cosa parlo. Area 51, x-files, omini verdi con la testa a bietta, cose del genere. Hai presente?».

Bruce si mordicchiò nervosamente le labbra, poi si girò verso di me. «E tu che mi dici?».

Già: io cosa avevo da dire in merito? Niente, in realtà. Diedi un'occhiata a Hi-Fi. Lui annuì.

«No comment» sussurrai.

«No comment» ripeterono Jane e Joanne all'unisono.

Il Presidente scosse la testa. «Lasciate che vi dica una cosa: sareste tutti degli ottimi politici, a parte Hi-Fi ovviamente. Lui finirebbe dritto in manicomio. Continuate così e mi vedrò costretto ad assegnarvi delle cariche ufficiali».

Nessuno ebbe da ridire, nemmeno il mio socio. Scoppiammo di nuovo a ridere, ancora una volta per la gioia delle Tv di mezzo mondo.

INTERLUDIO #4

Plutarco apre gli occhi e si guarda intorno. Sole, cielo azzurro, alberi verdi carichi di frutta, e poi il canto degli uccellini. Come se fosse in P... Un momento!

Il piccolo filosofo si tira su. Dolore, la testa sembra intrappolata in una morsa.

«Plutarco!». *La voce di Dio rimbomba come una cannonata.*

L'uomo chiude gli occhi e si porta le mani alle orecchie. Sta per vomitare.

«*Non ti servirà a nulla nasconderti*».

Me lo facevo più misericordioso, questo Dio *si dice Plutarco aprendo leggermente gli occhi.*

Ed eccolo di nuovo lì, davanti a lui con la barba bianca, la veste immacolata e gli occhi blu a confondersi con il cielo.

«Bentornato, amico mio».

Bentornato sto par di...

«*"Sto par di" cosa?*» *tuona il Creatore.*

Plutarco abbassa lo sguardo e cerca di fare mente locale. «Grazie, Sua Maestà» *sussurra.* «Molto meglio» *prosegue l'Onnipotente.* «Allora, come sono andate le cose laggiù sulla Terra?».

«Dovresti saperlo...».

Dio sorride. «Devo ammettere che l'ironia non ti manca».

«Anch'io, come gli altri, faccio quello che posso» *mormora Plutarco senza smettere di fissarsi i piedi.*

Per la prima volta in vita sua si sente una merda. Sa di aver fallito, le cose non sono andate come dovevano. I ragazzi sono sani e salvi, però quel maledetto Cocomerometro esplosivo è riuscito comunque a farsi saltare in aria e – tragedia nella tragedia – a radere al suolo il negozio. Un assassino, ecco cos'è agli occhi di Plutarco il Cocomerometro Archie, un tizio che si è preso la vita di migliaia e migliaia di storie scritte con fatica da gente in gamba, storie incise nei solchi di un magma nero come il suo umore attuale.

Se solo potessi averlo tra le mani per cinque minuti, quel piccolo bastardo. Gli farei sputare sangue da ogni poro. Se solo po...

Plutarco sgrana gli occhi. Dio lo sta fissando con uno strano sorriso stampato sulla faccia.

«Che c'è figliolo? Hai per caso una richiesta da fare al Signore Dio tuo? Un ultimo desiderio prima di...».

«Prima di...?».

Il Creatore scuote la testa. «Ecco vedi, sono molto soddisfatto di come ti sei comportato laggiù».

«Soddisfatto?».

«Proprio così» ribadisce Dio. «Oggi hai salvato la vita a un tuo simile, una persona che senza il tuo intervento ora sarebbe morta».

Plutarco tira su con il naso. «Sì, ma...».

«Nessun "ma"» lo interrompe il Creatore. «Se non fosse stato per te, la signorina Joanne...».

«Lady Gaga...».

«Come vuoi. Se non fosse stato per te, la signorina Lady Gaga, ora sarebbe a spasso da queste parti».

Plutarco si guarda intorno. «Lady Gaga in paradiso?».

«Ho detto "da queste parti"» ribatte Dio a muso duro. «Non ho detto qui!».

«Ah, ecco, mi sembrava un tantino azzardata come mossa».

Il Creatore scuote la testa. «A ogni modo, mi sento di dire che tu, Plutarco, oggi hai soddisfatto a pieno le mie aspettative. E per questo motivo...». Dio lascia la frase a metà, poi strabuzza gli occhi come se davanti a lui si fosse materializzato Lucifero in persona. «Non adesso, ti prego...».

Plutarco si gira e rimane senza parole: quattro tizi, mano nella mano, sorridenti come bambini all'uscita della scuola, sembrano impazienti di poter conferire con il Pezzo Grosso.

Plutarco li conosce fin troppo bene, quei quattro; per lui sono gli innominabili.

«Salve Dio» fa Gigi D'Alessio.

Il Creatore annuisce, è piuttosto scocciato. «Che c'è Gigi?».

«Io e i ragazzi vorremmo organizzare un concerto qui nel parco».

«Di nuovo?».

Gigi fa un'alzata di spalle. «La settimana scorsa è stato un successo, quindi pensavamo di...».

Nel sentire quelle parole, lo stomaco di Plutarco cede di schianto. Il piccolo filosofo, in preda ai conati, rigetta sul pratino all'inglese del paradiso l'ultima cena consumata ai piani bassi. Fagioli e pane duro, il solito schifo.

Gigi, Amedeo, Max e Michele si girano verso di lui, sembrano preoccupati.

«Tutto bene?» fa Minghi.

Plutarco, piegato a novanta, alza una mano. «Tutto... ok».

«Va bene ragazzi» taglia corto Dio. «Vada per la prossima settimana».

«Veramente noi pensavamo a questa» azzarda Max.

«Ascoltami bene Pezzali,» ribatte il Creatore, ora piuttosto su di giri «vedi di non tirarla troppo per le lunghe. Ho detto la prossima e la prossima sarà. Sono stato chiaro?».

Plutarco si tira su appena in tempo per vedere le facce di Gigi D'Alessio, Amedeo Minghi, Max Pezzali e Michele Zarrillo sbiancare.

«Sono stato chiaro oppure no?» ripete Dio.

«Chiaro» sussurrano i quattro.

«Molto bene. Adesso però fuori dal... volevo dire, vi chiedo gentilmente di lasciarci soli. Io e questo signore abbiamo una questione piuttosto urgente da risolvere».

I Fab Four si allontanano in fila indiana e a testa bassa, come se il professore – e che professore – li avesse appena cacciati fuori dalla porta per aver disturbato la lezione.

«Non mi dire che quelli abitano qui». La voce di Plutarco è ridotta a un filo.

«Lascia perdere» fa il Creatore alzando gli occhi al cielo, come se lassù, ancora più in alto, ci fosse qualcuno a cui appellarsi.

«Ma come fanno a essere tutti morti?» chiede il Pluta schiarendosi la voce. «Sono ancora giovani».

«Un tragico incidente».

«*Tutti e quattro?*».

Dio annuisce. «*Qualche anno fa hanno organizzato un tour insieme. Stesso palco e tre ore abbondanti di musica non stop*».

«*Oddio!*». *Plutarco si ritrova di nuovo a un passo dal rigettare.*

Il Creatore alza una mano. «*Lo so, non dire niente. È stato terribile*».

«*Posso immaginarlo, tre ore abbondanti di quella musica...*».

«*Mi riferivo alla disgrazia!*» *tuona Dio.*

Plutarco indietreggia di un passo, poi abbassa lo sguardo. «*Sì, certo... la disgrazia*» *mormora.*

«*Viaggiavano sul tour bus di notte; il conducente è stato sorpreso da un colpo di sonno e... zac! Tutti morti*».

«*Una brutta storia*» *commenta il Pluta.*

«*Cose che succedono. Fatto sta che me li sono ritrovati quassù dalla mattina alla sera; anzi, nel loro caso dalla sera alla mattina. Erano ancora carichi come molle, pronti a salire sul palco per cantare. T'immagini?*».

«*Non voglio*».

«*Ecco bravo. Lasciamo perdere e torniamo a noi due. Dov'eravamo rimasti?*».

Plutarco cerca di fare mente locale «*Stavi dicendo qualcosa a proposito del fatto che me l'ero cavata bene*».

Il volto di Dio si illumina di nuovo. «*Esatto! Hai salvato una vita umana e meriti una promozione*».

Silenzio.

«*Che c'è Plutarco, non sei contento?*».

«*Che genere di promozione avevi in mente?*».

Il Creatore aggrotta la fronte. «*Be', visto che la vita laggiù nel limbo non mi sembra ti piaccia granché, pensavo che forse, magari...*».

«*No*».

«*No cosa?*».

«*Io qui non ci sto*».

Dio è preso in contropiede. «*Questa è davvero bella*» *borbotta puntando un dito contro Plutarco.* «*Io ti offro la vita eterna in paradiso e tu che fai? Rifiuti*».

«*Esatto*».

«*E dove vorresti andare? Sentiamo. Tornare in purgatorio a mangiare fagioli e pane duro?*».

«*No*».

«*Ah no?*».

«*No*».

Dio sospira. «*Così facendo però, caro il mio Plutarco, restringi notevolmente la possibilità di scelta. Te ne rendi conto, vero?*».

«*Sì, me ne rendo conto*».

Di nuovo silenzio. Totale. Assoluto.

«*Sei proprio sicuro? Guarda che non te lo chiederò un'altra volta*» *sussurra l'Altissimo con voce suadente.*

«*Sicurissimo*» *risponde di getto Plutarco.*

«*E saresti così gentile da spiegarmi anche il perché?*».

«*Ho due buoni motivi*».

«*Sentiamo, sono tutto orecchi*».

«*Primo motivo: sono certo che Archie...*».

«*Chi è Archie?*».

Plutarco impreca in silenzio, poi si chiede come mai all'Onnipotente piaccia così tanto sentirsi raccontare storie di cui conosce già ogni particolare. «*Archie è quello che ha fatto saltare in aria il negozio dei miei amici, il Cocomerometro esplosivo*».

«*Ah*» *si limita a mormorare Dio.* «*Ho capito. Continua pure*».

«*Dicevo: sono certo che Archie ora si trova laggiù in compagnia del tuo peggior nemico, quello con le corna*».

Il Creatore sorride. «*Ah davvero? Avevo sentito dire che era finito in prigione. A Guantánamo, se non sbaglio*».

«*Pare non abbia retto la vita da detenuto. Ha preferito... non so se mi spiego...*».

«*Ok, il concetto mi è chiaro*».

Plutarco si concede un lungo sospiro. «*Insomma, vorrei fargliela pagare. Per quello che ha fatto ai ragazzi*».

«*Mai sentito parlare del celeberrimo "porgi l'altra guancia"?*».

«*Stronz...*».

Lo sguardo dell'Onnipotente si indurisce all'istante. Plutarco vorrebbe scomparire.

«Intendevo dire... ehm... che quel genere di approccio non si addice alla mia persona».

Dio sospira. «Ok. E quale sarebbe, invece, il secondo buon motivo per voler rinunciare alla vita eterna?».

Sulla faccia di Plutarco prende forma uno strano sorriso, di quelli da carogna. Il piccolo filosofo alza il pollice e indica qualcosa dietro di sé. «Io non ci vivo in un posto dove una volta alla settimana suonano tizi come quelli là. Non resisterei nemmeno dopo la prima, di settimana. Figurati per l'eternità».

Il Creatore sorride, poi annuisce. «Ok, Plutarco, mi hai convinto. Vista la carica che ricopro non dovrei dirlo ma sia fatta la tua, e non la mia volontà, se è questo ciò che vuoi davvero».

«Amen» conclude Plutarco.

Dio, almeno per questa volta, decide di soprassedere. Impone le mani sul Pluta, poi comincia a recitare una litania incomprensibile. Il Sole sparisce all'istante, il cielo si fa buio, gli alberi si trasformano in scheletri senza ombra.

Plutarco si guarda intorno cercando di non farsela addosso. Il suo corpo è in balia del panico, trema dalla testa ai piedi. Vorrebbe ritrattare e rimanere in paradiso per l'eternità. Al diavolo i fantastici quattro e i loro maledetti concerti, ma ormai non c'è più tempo. Riesce solo a sfiorare lo sguardo di Dio per un'ultima volta, poi comincia a cadere di nuovo.

EPILOGO

Cesenatico
22 maggio 2021, mattina (presto)

Cielo terso senza nuvole, aria frizzante nonostante l'estate sia già pronta ai blocchi di partenza. Raggi di sole sulla faccia.

Alzo lo sguardo. I gabbiani sembrano impazziti, ad ali spiegate descrivono ampie traiettorie sopra le nostre teste che paiono non finire mai. Si sfiorano senza mai toccarsi emettendo i soliti richiami, versacci striduli che, alle nostre orecchie, suonano come tanti vaffanculo, ma che in fin dei conti potrebbero benissimo essere dei ti amo.

Il mare è calmo, piatto come un tavolo da biliardo. Alcune barche a motore sfilano a testa alta tra le sponde del canale, simili a top model in passerella. Si lasciano alle spalle una traccia biancastra fatta di schiuma che, tra qualche ora, le ricondurrà a casa come le famose briciole di pane nella favola di Hansel e Gretel.

Colazione: un bicchiere di latte freddo, un cappuccino in tazza grande, uno in tazza piccola e una pinta di Guinness più due croissant alla marmellata, un bombolone alla crema e una piadina al prosciutto. Hi-Fi, in silenzio da almeno cinque minuti, addenta con ferocia la piadina e poi si beve un lungo sorso di birra.

«Non mi capacito» dico continuando a fissare l'orizzonte.

«Eh?».

«Ho detto che non mi capacito» ripeto, questa volta mettendo in mostra uno sguardo triste a suo esclusivo beneficio.

«Ho capito cosa hai detto» ribatte il socio indugiando un po' troppo sulla o finale, rendendomi così partecipe di quanto sta avvenendo all'interno della sua bocca.

D'istinto torno a scrutare il mare. «Non mi capacito di come tu possa mangiare piadina e bere birra alle sette del mattino».

Un gesto di stizza. «Ma tu l'hai mai fatto il mercato?».

Ecco che ci risiamo. Mi maledico per aver tirato fuori l'argomento. *La solita vecchia storia del mercato, un evergreen intramontabile.*

«Sì che l'ho fatto, il mercato» rispondo annuendo. «Quello della frutta, tra l'altro. Sveglia alle tre e mezza, arrivo sulla piazzola designata alle ore quattro e quindici, montaggio del banco e sistemazione della merce. E poi via, di filata al bar per il primo rifornimento di giornata: birra e *saraghina*[7] per tutti, rigorosamente prima delle sette».

Hi-Fi annuisce soddisfatto, poi azzanna un altro pezzo di piadina. «Proprio così, socio. Proprio così».

«Certe abitudini però, con il tempo bisognerebbe imparare a perderle» gli faccio notare.

«E perché mai?».

«Perché...».

«Ma tu» mi interrompe Hi-Fi «smetteresti di fare l'amore con Jane solo perché è diventata un'abitudine?».

«Ma che razza di dom...» tento di protestare.

«Avanti, rispondi!».

«Vaffanculo».

Hi-Fi impugna la pinta di birra poi, come fosse un'arma, me la punta contro. «Lo vedi?».

«Lo vedi cosa?».

«Che è facile sparare sentenze sulle abitudini degli altri, poi però quando si va sulle tue, di abitudini, ah be', allora bisogna riconsiderare tutta la faccenda».

«Hi-Fi...».

«Quando si tira in ballo il modus vivendi del grande Tata, tutto diventa possibile, come...».

«Hi-Fi...».

«... come se fossi una specie di modello da seguire, e il tuo stile di vita un esempio per i giovani d'oggi».

Ne ho abbastanza. «Ascoltami bene,» sbuffo «non venirmi

a raccontare che uno come te mette sullo stesso piano l'atto supremo della scopata e una misera piadina al prosciutto! Perché se è questo ciò che stai cercando di vendermi, allora è meglio che lasci perdere subito».

«Ti sei dimenticato la Guinness» aggiunse Hi-Fi.

Ignoro il sarcasmo. «Guinness o non Guinness, fare l'amore è al di sopra di qualsiasi eccellenza enogastronomica, punto e basta!».

Nonostante il bar sia semideserto, il sentir pronunciare la parola scopata in un contesto che vede come co-protagoniste anche piadina e Guinness, ha attirato l'attenzione dei pochi presenti.

Mi guardo intorno, consapevole di aver appena fatto una figura alla Hi-Fi.

«Scusate...» biascico.

«Vedi di darti una calmata» mi consiglia il socio. «Non vorrei che ti venisse un infarto, non oggi perlomeno».

«Perché, se mi venisse domani invece?».

Hi-Fi sorride. «Non te lo auguro di certo; comunque, se proprio ti deve venire, spero che non sia oggi».

Sospiro. «Credi che funzionerà?».

Un'alzata di spalle. «E chi sono io per dirlo?».

«Uno che di musica se ne intende».

«Sì, ma non di strategia aziendale».

«Questo è certo».

«Ragazzi!».

Ci giriamo verso il canale: due bellezze in tuta da jogging, sneakers e cuffiette alle orecchie ci stanno salutando. Corrono fianco a fianco come due sorelle gemelle, nonostante non si somiglino affatto. JJ ossia Joanne e Jane: due newyorkesi alla conquista della Romagna.

Mi viene da ridere.

«*Oscia sa gliè beli!*[8]» esclama Hi-Fi azzannando l'ultimo pezzo di piadina.

«Concordo su tutta la linea» aggiungo.

JJ, sorridenti come una coppia di Monna Lisa in fuga dal

Louvre, sfilano tra i tavoli agitando i fianchi più del dovuto e capitalizzando, ancora una volta, l'attenzione dei quattro gatti presenti nel locale. Dopo averci baciato a dovere si siedono insieme a noi, con il fiatone e la fronte imperlata di sudore. Bellissime.

Le nostre donne. Così le avremmo definite cinquant'anni fa, con quel nostre che rivendicava una volontà di possesso spesso morbosa, asfissiante, autoritaria e, purtroppo, in alcuni casi anche violenta. I tempi però sono cambiati, almeno in parte, almeno in questa piccola fetta di mondo. C'è ancora molto da lavorare sotto questo aspetto, ma confido che prima o poi le cose si sistemeranno.

Noi e JJ con un unico obiettivo: ripartire da qui, il luogo dove tutto è cominciato tanti anni fa; da casa nostra, in mezzo alla nostra gente, pronti a regalare emozioni.

Con ogni probabilità Hi-Fi riprenderà a cacciare via in malo modo i clienti non all'altezza (almeno secondo lui), e io a rincorrerli fin sulla strada nella speranza di riportarli in negozio.

Tutto come da copione.

Tra qualche ora il VinylStuff tornerà in vita, una resurrezione in piena regola. Stessa spiaggia e stesso mare. Anche se non oso nemmeno sussurrarla una cosa del genere perché è roba da far andare Hi-Fi su tutte le furie: Piero Focaccia (autore della super hit dei primi anni '60 insieme a Mogol), per ovvie ragioni non è e non sarà mai uno dei suoi artisti preferiti.

Dunque di nuovo in pista. Hi-Fi e Tata, insieme a Jane e Joanne.

Se Lenny ci aveva salvato il culo dopo essere finiti sul lastrico a causa di Napster, questa volta sono stati i verdoni di Lady Gaga a permetterci di sollevare di nuovo la testa. L'assicurazione non ha coperto nemmeno un terzo dei danni; colpa delle solite clausole scritte in piccolo sull'ultima pagina del contratto, quelle capaci di piazzartelo in quel posto, e di pretendere anche che l'assicurato (di fatto un inchiappettato) sia comunque felice di aver ottenuto qualcosa.

Ci siamo dati da fare. Con i soldi dell'assicurazione abbiamo ricreato un magazzino di tutto rispetto, senza esagerare, con pezzi pregiati e non. In verità, Hi-Fi ha insistito per tornare a fare le cose alla vecchia maniera, quella un po' talebana per intenderci, a base di pochi dischi di altissima qualità per creare un'offerta rivolta ai soli collezionisti. Ho cercato di farlo ragionare, ma non ci sono riuscito, come sempre del resto. Poi però è scesa in campo Lady Gaga e la partita ha preso tutt'altra piega. Joanne sa il fatto suo e ha imparato a tenerlo a bada, il socio; non con i metodi repressivi di GG, ma giocando d'astuzia e sfoderando il vecchio, e sempre efficace, metodo della carota e del bastone.

Il (nuovo) VinylStuff Cesenatico tratterà solo vinile, come ci si aspetta che faccia e come abbiamo sempre fatto: dischi da collezione ma anche materiale più abbordabile adatto a tutte le tasche, per lo più musica inglese e americana; niente slam né tantomeno sfide all'ultimo sangue contro Hi-Fi ma un negozio di dischi normale, dove trovare l'ultimo album di Beck in vinile centottanta grammi, così come la prima stampa inglese di *Revolver*. Soddisferemo tutti, compresi noi stessi.

Bevo l'ultimo sorso di latte, mi tiro su e allungo le braccia stiracchiandomi come un gatto fino a quando il groviglio di scricchiolii che percorre la mia spina dorsale non si esaurisce all'altezza del sedere.

«Te ne vai?» mi chiede Hi-Fi.

«Devo fare una cosa».

«Tutto bene?».

Fisso Jane, le sorrido. «Tutto bene, davvero».

Quanto tempo è passato dall'ultima volta che mi sono concesso il lusso di una chiacchierata a quattrocchi con il mio mare? Non me lo ricordo più. Senza la pretesa di voler a tutti costi assegnare un valore a un *non* ricordo, cerco di cavarmi dall'impiccio con una stima più o meno verosimile. «Quindici anni» sussurro a me stesso.

Il rumore rassicurante prodotto dalle onde viene improvvisamente sovrastato da quello delle campane che, in pompa magna, annunciano l'inizio della prima messa del mattino. Immagino schiere di vecchiette in piedi già da diverse ore e con addosso l'abito della festa, mentre scattano come centometriste verso le prime file della navata principale; le vedo sgomitare come pazze alla ricerca dei posti migliori, quelli che permetteranno alle più scaltre di fissare dritto negli occhi il buon Dio.

Per un attimo ripenso a mia nonna, la madre di mio padre. La vedo davanti a me con il fazzoletto viola legato intorno al collo, le calze color marrone saldamente ancorate al ginocchio e l'immancabile rosario in madreperla ben stretto tra le mani. La nonna Dina che ha vissuto in prima persona gli orrori della guerra, che è stata capace di ricominciare tutto daccapo partendo dalle macerie di un paese distrutto.

Un ultimo, fiacco rintocco di campana mi riporta nel mondo reale, quello dove mia nonna – forte di un numero sproporzionato di orazioni recitate nel corso della sua lunga vita – veglia su di me dall'alto dei cieli.

Il molo, data l'ora, è deserto. Ogni cosa si trova nello stesso identico posto: il Grattacielo con i suoi cento occhi, l'ammasso di scogli a frenare l'istinto famelico del mare, la spiaggia nuda ancora orfana degli ombrelloni; un'eterna istantanea che rimarrà fedele a se stessa anche tra cent'anni.

Torno a fissare il mare. *Da quant'è che non parliamo, io e te?*

Lui si concede un'alzata di spalle che produce un piccolo sbuffo di schiuma. Sorrido, ma senza troppa convinzione.

Il mare, l'amico di sempre che mi ha accolto tra le sue braccia fin dai tempi del pannolino e che mi ha insegnato a rispettarlo, a temerlo, a volergli bene come se ne vuole a un fratello, pare risentirsi del mio scarso entusiasmo e, senza darmi il tempo di rimediare, mi è subito addosso.

L'onda colpisce il molo con violenza. La vedo alzarsi sopra la mia testa, poi abbattersi sugli scogli a meno di un metro da me. Il boato è assordante. Rimango immobile durante tutte le fasi di quello che interpreto come una sorta di cerimoniale di benvenuto: il figliol prodigo è tornato. Sono queste le parole che mi è parso di udire nell'attimo in cui l'onda si infrangeva sulla pietra.

Annuisco, poi sorrido di nuovo e questa volta con maggior convinzione. La schiuma torna a nascondersi tra le gambe del suo padrone, e io mi ritrovo di nuovo solo a fianco del faro di cui conosco ogni tatuaggio, ogni singola scritta: dichiarazioni d'amore, bestemmie, date da ricordare; persino qualche raffigurazione oscena; ogni centimetro racconta una storia, compresa la mia.

La sirena di una nave mi fa trasalire.

Punto lo sguardo sull'orizzonte, i pescatori stanno rientrando a casa. È tempo di tornare dai miei amici, da Jane, dalla musica che scalpita all'interno delle stesse quattro mura che mi hanno visto crescere e che spero mi accompagneranno fino al momento del distacco.

Ringrazio il mare con un cenno distratto della mano e lui ricambia a suo modo. Un delfino sguscia fuori dall'acqua avvolto da una rugiada di gocce rossastre, rimane a mezz'aria per un tempo che mi pare non finire mai, poi scompare di nuovo tra le braccia di suo padre. Il mio amico.

Il mare.

POSTLUDIO

Fa un gran caldo. Si suda persino a respirare.

Archie alza lo sguardo: un tizio piccolo quasi quanto lui lo sta osservando con uno strano sorriso stampato sulla faccia.

«Che vuoi?» gli chiede visibilmente seccato. «Non vedi che ho da fare?».

«Mi dicono che sei un esperto di musica».

«Lo sono».

«Be', anch'io».

Archie si concede qualche secondo: quella faccia ha un nonsoché di familiare. Come se... «Ti va una sfida?» propone il tizio.

«Che genere di sfida?».

«Qualcosa che abbia a che fare con la musica».

Archie si guarda intorno, non sa che dire. La verità è che laggiù non c'è molto da fare, almeno per i prossimi cent'anni.

«Dai non farti pregare» riprende il tizio. «È un modo come un altro per far passare il tempo. Che dici?».

Archie sospira, si prende qualche altro secondo per riflettere e poi acconsente. «Ok, perché no? Io sono Archibald, ma puoi chiamarmi Archie».

Il tizio sorride. «Piacere di conoscerti Archie, mi chiamo Plutarco ma puoi chiamarmi Pluta».

RINGRAZIAMENTI

Dunque eccoci di nuovo qua, alla fine di questa storia che, devo ammetterlo, ha reso l'estate 2019 un piacevole passatempo creativo, soprattutto nelle ore notturne. Perché nonostante tutto, nonostante le milioni di parole che ho scritto in questi ultimi due anni (chi segue la mia pagina Facebook sa bene che ogni mattina alle dieci in punto, un po' come accade col pane fresco, esce dal forno letterario della mia mente un nuovo racconto breve), dicevo che nonostante tutta questa creatività, continuo a essere un NON scrittore che stenta a ritagliarsi il tempo necessario per poter scrivere.

Già, proprio così, un NON scrittore che scrive tanto, forse troppo, di sicuro agli occhi di mia moglie.

Ma tant'è.

Hi-Fi e Tata sono due ottimi compagni di viaggio, passare le serate con loro è stato uno spasso, e tornare all'interno del VinylStuff lo è stato ancora di più. Anche se in una metropoli caotica come New York, dove tutto sembra scontato e privo di sentimenti, soprattutto quelli tipici della provincia.

Spero che la storia vi sia piaciuta, anche se contaminata (passatemi il termine) da elementi fantastici come la discesa di Plutarco sulla Terra. Ve lo giuro: non potevo non chiamarlo in causa ancora una volta. Quella specie di piccolo filosofo continuava a reclamare spazio come se fosse lui l'unico e il solo protagonista del romanzo. E in parte lo è. In fondo, un *Febbre da Vinle* senza Plutarco, non sarebbe un vero *Fedeli al vinile*.

Mentre scrivo queste righe, non so ancora quando il romanzo verrà pubblicato, se prima o dopo le elezioni USA. A ogni modo, a prescindere da una conferma di Trump per un secondo mandato, oppure dell'avvento di un nuovo Presidente convenzionale (ammesso che Trump possa essere considerato convenzionale), credo proprio che il fascino di veder salire alla

Casa Bianca il Boss con la sua inseparabile Fender Telecaster in spalla, non abbia eguali. Magari chissà, tra qualche anno...

Ringrazio Libro/Mania e DeA Planeta per aver selezionato *Fedeli al vinile* tra i vincitori del concorso Fai viaggiare la tua storia nel 2018, e per la possibilità che mi stanno concedendo ora con la pubblicazione di questo sequel. In particolare ringrazio Caterina Viscanti per la professionalità e la costante presenza organizzativa, Antonio La Gala, e la redazione di Libro/Mania per i preziosi consigli in fase di editing e revisione.

Un ringraziamento particolare a tutti i negozi di dischi, le stazioni radio e le associazioni culturali che mi hanno ospitato nel corso del 2019 durante le presentazioni del romanzo, e un ringraziamento ancora più grande alle migliaia (incredibile ma vero!) di lettori che hanno reso *Fedeli al vinile* un libro famoso. Mi auguro che anche questo sequel possa bissare il successo del suo predecessore.

Bene, questo è quanto.

Concludo ringraziando come sempre le persone che mi stanno accanto dalla mattina alla sera. I miei due diavoletti Lorenzo e Giulia che sembrano non poter far altro che picchiarsi e urlare come pazzi ogni santo giorno (i due mesi di lockdown sono stati davvero tremendi) e, su tutti, mia moglie. Una povera donna che nel 2008 ha sposato un ingegnere di buone speranze, e che oggi si ritrova a condividere il letto con un NON scrittore.

Bella fregatura!

Ancora una volta, se il piacere di leggere questa storia è stata anche solo una piccola percentuale del gusto che ho provato io nello scriverla, be', allora abbiamo fatto di nuovo un buon affare entrambi, caro lettore, e per questo ti ringrazio.

Che il vinile sia con te... sempre!

Alessandro Casalini, Cesenatico, settembre 2020

Note

[1] POTUS: acronimo di President Of The United States.

[2] In inglese, Butch è un nome proprio di persona maschile, mentre *butcher* significa macellaio.

[3] Lascia perdere, vedi di non dire stupidaggini.

[4] Rikers Island, o più semplicemente Rikers, è una piccola isola compresa nel territorio della città di New York. Ospita una delle istituzioni penitenziarie e per la sanità mentale più grandi del mondo ed è stata descritta come la prigione più famosa di New York.

[5] In Romagna, con il termine poveracce (puràzi, in dialetto) si indica un particolare tipo di vongola che, tipicamente, viene utilizzata come condimento per spaghetti o tagliolini.

[6] PID.: acronimo di Paul Is Dead. Si tratta di una leggenda secondo la quale Paul McCartney, dopo aver abbandonato lo studio in seguito a un litigio con il resto della band, sarebbe morto in un incidente stradale occorso nel 1966. Per non sconvolgere il mondo e il futuro del gruppo (in quegli anni all'apice del successo) sarebbe poi stato sostituito da un sosia su suggerimento dell'allora manager dei Beatles Brian Epstein e dello stesso John Lennon.

[7] Pesce azzurro povero, tipico dell'Adriatico.

[8] Letteralmente: Ostia, come sono belle!

Printed in Poland
by Amazon Fulfillment
Poland Sp. z o.o., Wrocław
13 November 2023